Andrea Bahrenberg

Besser als Gold

Märchenhafte Kurzgeschichten

Inhalt

Ländlich
Das Traumspieleland	5
Heimat?	27
Im Versteck	31
Späte Geschenke	34
Deutsche Kälte, italienische Tränen	40
Der Held	44
Wenn die kleinste Welt die größte ist – Eine Weihnachtsgeschichte	47

Traumhaft
Beste aller Welten	57
Der Blaue Vogel	59
Besser als Gold	60

Menschlich
Rote Haare	74
Orthopädische Einlagen und Haarausfall	77
Verlorene Stimmen – eine Zukunftsgeschichte	81
Zu klein	85

Zauberhaft
Der Eisfrosch	86
Der rote Rubin	107
Der unglückliche Elf	120
Zaubernüsse	122
Der geheimnisvolle Hut	138

Ländlich

Das Traumspieleland

Das Redaktionsbüro war leer. Nur das Surren der Ventilatoren war zu hören. Die Hitze stand im Raum und aus dem Konferenzsaal tönten wie aus weiter Ferne dumpfe Stimmen. Robert kam lautlos, fast wie eine Katze auf Beutejagd, aus der Herrentoilette, schaute sich verstohlen um und ging dann direkt auf Susannas Tisch zu.
Er riss eine Schreibtischschublade auf, durchwühlte den Papierhaufen und verzog das Gesicht zu einer gequälten Grimasse. Robert blätterte den Stapel einzeln durch, fand aber auch jetzt nichts. Er zog die andere Schublade auf und kämpfte sich durch Themenpläne und gelbe Klebezettel. Als er schon aufgeben wollte, fiel sein Blick auf den Boden hinter den Schreibtisch. Auf dem schwarzen Teppich lag eine Papierrolle. Das muss es sein, sagte er zu sich und wischte sich Schweißperlen von der Stirn. Er griff hastig nach der Rolle, schaute kurz hinein und faltete das Papier so klein, bis es in die Innentasche seiner schwarzen Lederjacke passte. Schnell ging er zur Tür.

„Hi Robert! Heute gar nicht in der Konferenz?", überraschte ihn eine Stimme aus dem Assistenzzimmer, das im Eingangsbereich zum Großraum-Redaktionsbüro lag.

Er hielt abrupt inne, lief dann aber weiter, ohne aufzublicken. „Ich hatte nur was vergessen", murmelte er und eilte hinaus. Die Tür fiel laut ins Schloss.

Lukas räkelte sich noch einmal in seinem Kinderbett, an dessen Fußende er schon fast mit den Zehen heranreichte. War das ein schöner Traum! Er wollte, dass er nie vorbei ging und kniff die Augen noch fester zusammen. Er hatte von einem Springbrunnen geträumt, der nur mit flüssiger Schokolade gefüllt war. Seine Tante hatte ihm immer wieder Waffeln herübergereicht, die er in die zarte Creme eintunkte und genüsslich abbiss. Der ganze Marktplatz roch nach Schokolade. Lukas atmete den Duft tief ein. Im Traum öffnete er die Augen. Der Brunnen, der literweise mit der leckeren Glückseligkeit gefüllt war, stand immer noch da. Da schaute er seine Tante erwartungsvoll an, als fragte er: „Darf ich?". Sie lächelte ihm aufmunternd zu. Er sprang in den Schokoladenbrunnen, tauchte einmal unter und ganz mit Schokolade überzogen wieder auf.
„Guck mal, ich bin ein Schokokuchen mit Glasur!", rief er, streckte die Hände in die Luft und ließ sie platschend auf das Schokomeer knallen. Bei jedem Wort musste er sich kurz den Mund abschlecken, denn die Schokolade rann immer wieder auf seine Lippen.

„Komm sofort da raus!", schrie jemand von hinten.
Lukas erschrak und drehte sich vorsichtig um. Mama!
„Was fällt dir ein? Die anderen Kinder wollen auch noch die Schokolade aus dem Brunnen essen! Sofort raus da!"
Seine Mutter tobte. Das erkannte Lukas an ihren geballten Fäusten und den zusammengepressten Lippen. Die Augen waren nur noch schmale Schlitze. Mit strammen Schritten kam sie auf ihn zu. Sie hatte die

Haare zu einem Dutt zusammengebunden und mit Gel geglättet, wie morgens, wenn sie zur Arbeit ging.
Lukas drehte sich wieder zu seiner Tante, aber sie war weg. Immer wenn es brenzlig wurde, war die verschwunden. Na toll, ärgerte er sich. Er spürte, wie seine Schultern ihm an die Ohren wuchsen. Das taten sie immer, wenn er Angst hatte. Die Schultern meinten es nur gut, sie wollten ihn beschützen. Aber unsichtbar wurde er so leider trotzdem nicht.

Plötzlich schoss eine riesige Schokobirne aus dem Brunnen an die Oberfläche. Aber es war gar keine überdimensional große Schokobirne. Er rieb sich die Augen und sah seine Tante. Die schleckte sich einmal mit ihrer Zunge, die jetzt rot aus dem braunen Gesicht leuchtete, die Schokolippen ab und seufzte dann tief.
„Oh, ist das lecker!"
Lukas bekam einen Lachanfall. Seine Tante nahm eine Tasse vom Brunnenrand, zog sie einmal durch die Schokolade und tat, als sei sie eine feine englische Lady, die ihren Tee pünktlich zur Teatime einnahm. Sie hockte sich auf den Brunnenrand und schlug die Beine vornehm übereinander. „Junger Mann, darf ich Sie zu der besten Tasse Tee Ihres Lebens einladen, die tatsächlich eine Tasse Schokolade ist? Ich trage übrigens das Kleid des Glücks!"
Lukas kreischte vor Lachen.
„Susanna! Was fällt dir ein? Der Junge darf nicht so viel Süßes essen!", schimpfte seine Mutter und stampfte zum Brunnen.
Lukas hielt inne und beobachtete die beiden. „Meine liebe Schwester, wir verkosten die Schokolade nur, wir essen sie nicht. Außerdem ist das hier in Wirklichkeit kleingeschnippeltes Obst ..."
Lukas wunderte sich. Wie kam sie denn jetzt auf Obst?

„Lukas, mein Schatz, steh auf. Ich habe dir schon Obst geschnitten. Gleich gibt's ein leckeres Frühstück", sagte seine Tante und fasste ihn behutsam an der Schulter.
Oh nein, das war gar nicht mehr der Traum. Lukas drehte sich um, er wollte weiterschlafen.
„Na komm schon, Luki!" Die Stimme seiner Tante war sanft, sie wiegte ihn beinahe erneut in den Schlaf.
„Nein", murmelte er.

Plötzlich zog jemand die Decke weg. Seine Füße waren nackt. Das war zu kalt. Jetzt stürzten sich Hände auf ihn und kitzelten ihn.
Lukas liebte es, wenn seine Tante ihn kitzelte. Er streckte ihr die Hände entgegen als Zeichen dafür, dass sie ihn auf den Arm nehmen sollte. Aber sie kitzelte ihn nur weiter unter den Achseln. Schnell krümmte er sich zusammen wie ein Baby. Seine Tante fasste das kleine Paket und trug es ins Bad. Lukas rieb sich die Augen, während seine Tante ihn auf die Kommode setzte und sein Gesicht mit einem feuchten Waschlappen sanft abwischte.
„Ich hatte einen wunderschönen Traooooaaaoum", murmelte Lukas unter dem Waschlappen.
„Wie bitte?", fragte sie und nahm den Lappen zur Seite. „Ich hatte einen wunderschönen Traum. Wir haben in einem Springbrunnen gebadet, der nur mit Schokolade gefüllt war!"
„Ich war auch dabei?"
Lukas nickte und erzählte von dem Duft auf dem Marktplatz und wie sie ganz vornehm eine Tasse Schokolade getrunken hatten. Die Erscheinung seiner Mutter ließ er einfach weg. Sonst würde Susanna nur ein schlechtes Gewissen kriegen, dass sie so viel

mit ihm spielte und es am Ende seltener tun.
„Wer als Erster unten ist", forderte seine Tante ihn auf und wie immer gewann Lukas das Wettrennen zum Frühstückstisch.

Lukas' Mutter reiste beruflich viel. Als die Jungen und Mädchen im Kindergarten Lukas einmal fragten, was seine Mama den ganzen Tag mache, wiederholte er, was seine Mutter zu ihren Freunden sagte: „Sie kauft und verkauft Unternehmen in der ganzen Welt. Und wenn es sein muss, schmeißt sie die ganze Mannschaft raus. Von einem Kind lässt meine Mutter sich nicht die Karriere kaputt machen!" Als die anderen Kinder verblüfft waren und sagten: „Mein Papa ist Lehrer und meine Mama passt auf das Haus und auf uns auf", spürte Lukas, dass er nicht das Richtige erzählt hatte.

Seine Mutter und ihre Schwester Susanna hatten sich schon immer gut verstanden, wie seine Mutter oft erzählte. Und so wohnte Lukas bei seiner Tante, wenn seine Mutter in Abu Dhabi, Dubai und Peking Geschäfte regelte. Lukas fand das nicht schlimm. Denn Susanna war ein „cooler Hund". So hätte dazu sein Nachbar Heinz gesagt, der bei ihnen im Ort die Pfadfinder betreute. Einmal war er schon bei den Pfadfindern gewesen. Noch war er zu klein, freute sich aber jetzt schon darauf, mit ihnen zelten zu gehen.
Bis es so weit war und damit Lukas nicht so traurig war, hatte seine Tante ihm ein kleines Igluzelt im Wohnzimmer aufgebaut. Da hinein hatte Lukas einen Schlafsack, eine superstarke Taschenlampe, ein kleines Taschenmesser und ein Glas Nutella für den Notfall gelegt. Leider durfte Lukas hier nicht frühstücken,

aber seine Tante spielte oft mit ihm im Zelt. Dann hängten sie die Lampe unter der Zeltdecke an einen Haken, zogen den Reißverschluss zu und ließen eine Fünf-Freunde-Kassette laufen. Wenn jemand Lukas nach seinem Lebensziel gefragt hätte, wäre seine Antwort sicher gewesen, alle Zeit in diesem Zelt zu verbringen. Schade, dass es nicht immer so sein konnte.

Während Susanna in der Redaktionskonferenz saß, den Kopf auf die Hand gestützt, dachte sie über den Schokobrunnen nach. Den würde sie gleich ihrem Plan hinzufügen. Als Redakteurin beim Eifeler Morgen hatte sie heute mal wieder echte Lokalnachrichten auf ihrem Zettel: Eine Goldhochzeit, eine Pressekonferenz des Heimatvereins, der eine Ausstellung im Rathaus zum Thema „Das Bügeleisen gestern und heute" auf die Beine gestellt hatte, und schließlich eine Gemeinderatssitzung, bei der es um strittige Baugenehmigungen gehen sollte.

Susanna mochte ihren Job. Hauptsache, sie konnte schreiben und ihre eigenen Ideen verwirklichen. Natürlich gab es feste Termine, so wie heute. Aber in der Regel konnte Susanna selbst Themen vorschlagen und umsetzen, wie sie es für richtig hielt. Nebenbei schrieb sie für alle Vereine in der Kleinstadt die Geschäftsberichte und verfasste deren Imagebroschüren. In so mancher Nachtschicht hatte sie für diese Vereine auch eine Internetseite gestaltet, einfach und gut. So verdiente sie ausreichend Geld, um auch noch etwas für ihren großen Traum zu sparen. Eines Tages wollte sie ihren eigenen Freizeitpark eröffnen.

Es sollte kein herkömmlicher Vergnügungspark werden, sondern viel mehr als das: Ein Kinder-Traumspieleland.

Dazu hatte sie sich schon einen alten Bauernhof, den Resthof am Paradiesweg, ausgesucht, den sie umgestalten wollte. Mit den Verpächtern hatte sie bereits gesprochen. Die fanden ihre Idee toll und wollten den Hof in zwei Jahren verkaufen, wenn Susanna bis dahin das Geld zusammengespart hätte.

Lukas' Idee mit dem Schokoladenbrunnen machte den Plan geradezu perfekt. Den Brunnen würde sie in die Eingangshalle stellen, die mit einer blauen Gewölbedecke und goldenen Sternen bemalt sein sollte. Im ganzen Traumspieleland würde man sich auch als gehandicapter Mensch bewegen können: mit einer Art Sommerrodelbahn. Wahlweise sollten die Kinder aber durch Tunnel kriechen können, um zur nächsten Spielestation zu gelangen, oder über Netzwände klettern. An anderer Stelle würde eine Seilbahn die Spiele-Ecken verbinden, etwa das Bällebad und den Laser-Tag-Raum. Eine stark verwinkelte Höhle, deren Gänge unter dem gesamten Spieleland entlang führten, war nur durch eine Eiskammer zu betreten, in der riesige Eisklötze als Sitzgelegenheit standen. In einem gigantischen Sandkasten, der mit Maiskörnern gefüllt war, sollten die Kleinen spielen. Irgendwo wollte sie auch einen Hochseilklettergarten unterbringen und ein Atelier, in dem man nach Herzenslust matschen durfte, ohne dass die Eltern meckerten. Hier sollten die Kinder auch malen, töpfern, etwas aus Holz sägen oder einen Kaninchenstall selber zusammenhämmern können.

Nach der Redaktionskonferenz ging Susanna kurz an ihren Schreibtisch, um Block und Stift einzupacken. Sie war noch ganz in ihrem Traumspieleland versunken und tastete nach dem zusammengerollten Plan in ihrer Schublade. Da unterbrach eine Kollegin sie: „Hey Traumtänzerin, du musst los. Ehepaar

Hohlbein gibt sich quasi zum 50. Mal in Folge das Jawort und sie warten damit nicht auf dich!" Sie zwinkerte Susanna zu.
„Und morgen streiten sie sich zum tausendsten Mal im Supermarkt darüber, ob sie einen ruhigen Tag machen oder doch walken gehen sollen", antwortete Susanna. Sie packte ihre Fototasche und vergewisserte sich, dass auch ein Chip in der Kamera war.
Als die Kollegin gegangen war, riss sie hektisch die Schreibtischschubladen auf und durchwühlte sie. Der Plan war weg. „Solche privaten Dinge nimmt man nicht mit zur Arbeit", hörte sie die Stimme ihrer Schwester im Ohr. Wer konnte den Plan mitgenommen haben, dieses Dokument, das ihr so wichtig war? Susanna hatte nur ihrem Kollegen Robert von ihrem Traum erzählt. Sie vertraute ihm blind und konnte sich nicht vorstellen, dass er den Plan entwendet haben könnte. Wahrscheinlich hatte sie ihn einfach verbummelt, wie so viele Dinge, die in ihrem Stapelchaos untergingen. Sie verschob die Sache auf später.

Nach der „Bügeleisen – gestern und heute"-Ausstellung des Heimatvereins holte Susanna Lukas vom Kindergarten ab. „Guck mal, was ich geschenkt bekommen habe!", sagte Lukas und hielt Susanna einen kleinen Drachen unter die Nase, der über und über mit silbernem Glitzerstaub überzogen war. Der Drache hatte kleine Flügel und schaute freundlich.
„Der ist ja süß!"
Lukas zog ihr den Drachen wieder weg. „Er ist nicht süß. Er ist stark und kann so viel Feuer spucken, dass deine Wohnung und auch Mamas Haus verbrennen würden."
Susanna beugte sich zu ihm herunter und schaute noch einmal genauer hin. „Jetzt, wo du es sagst, sehe

ich es auch. Er sieht sehr mächtig aus. Und guck mal, er kann Seifenblasen machen, wenn man ihm auf den Schwanz drückt", sagte sie und lachte.

„Das ist, damit man gute Laune bekommt", erklärte Lukas.

Susanna hielt inne. „Hattest du heute keine gute Laune?"

„Doch, aber Emilio nicht. Dann hat Sarah ihm den Drachen geschenkt. Und dann hab ich gesagt, ich kann ihm auch gute Laune machen, wenn ich dafür den Drachen kriege. Also habe ich ihm welche von deinen Zaubertricks gezeigt", grinste er.

„Wow, ein Geschäftsmann mit 5 ¾ Jahren! Alle Achtung!"

„Ich lerne ja auch nur von den Besten: von Mama und von dir", sagte Lukas und klang wie in einem Werbefilm.

„So, mein kleiner Schleimer", neckte Susanna ihn, „heute Abend kommt Oma und passt auf dich auf. Ich muss noch arbeiten."

Lukas protestierte: „Ich kann Mama auch einfach fragen, ob sie dir das Geld für das Spieleland schenkt. Sie hat sowieso genug. Dann musst du nicht so viel arbeiten!"

Susanna blieb mitten auf dem Bürgersteig stehen und schaute ihn streng an. „Das Spieleland ist unser Geheimnis!"

„Aber ich will, dass du das Spieleland ganz bald eröffnest! Oma ist langweilig. Sie spielt nicht, sie sagt nichts. Sie sitzt nur da."

Susanna blieb das Lachen im Halse stecken. Oma sei zwar alt, aber nicht langweilig und passe heute auf ihn auf, basta.

Lukas drückte den Drachen an sich. Ein bisschen Glitzerstaub fiel ab und legte sich auf seine Hände, die jetzt auch funkelten.

Gelangweilt rutschte Susanna tiefer in den Ledersessel. In der Gemeinderatssitzung diskutierten gerade die Anzugmänner gegen die Strick- und Zöpfchenfraktion, ob die Jugend im Ort ein Busnetz brauche oder nicht.
Susanna untersuchte ihre Haarspitzen darauf, ob sie Spliss hatten und vielleicht schon wieder zum Friseur musste. Sie trug ihr braunes Haar lang und zauberte gelegentlich Wellen mit dem Lockenstab hinein, wenn sie Luki eine Freude machen wollte. Susanna warf einen Blick auf die Uhr: halb neun. Gut, dass sie ihrem Neffen schon eine Geschichte vorgelesen hatte. Das wäre jetzt nichts mehr geworden.
Lukas war für sie wie ein eigener Sohn. So ein Kind wollte sie auch einmal haben.
Als die Diskussion inzwischen auf ein Straßenbahnnetz für die nur 3 000 Einwohner starke Kleinstadt gekommen war, hob Susanna die Hand.
„Wie war das mit den Genehmigungen der strittigen Bauanträge?", fragte sie und schaute auf ihre Uhr. Als würde allen jetzt erst einfallen, dass die Presse in Form von Susanna anwesend war, einigte man sich auf eine Buslinie in Richtung der nächstgrößeren Stadt, die sechs Mal am Tag fahren sollte, sowie auf ein Bustaxi, das die Bürger je nach Bedarf anrufen konnten.
„Gut, dass Sie gefragt haben. Sonst hätte die Diskussion noch bei einem Bahnhof und einem Schienennetz geendet", sagte ein Mann neben ihr.

Nachdem ein Wohnbaugebiet ausgewiesen und der Bau eines Kuhstalls genehmigt worden war, kam der nächste Punkt an die Reihe: „Der Resthof am Paradiesweg soll verkauft werden. Ein Antrag zur Umnutzung liegt ebenfalls vor", verkündete der Gemeinderatsvorsitzende.

Susanna schreckte auf und saß plötzlich aufrecht im Sessel. Aber sie schlüpfte sofort wieder in ihre Rolle als Journalistin und fragte sachlich nach, wer den Hof kaufen wolle.
„Ein Fremdinvestor. Nicht von hier. Geplant ist ein so genanntes ‚Traumspieleland'." Er sprach es so aus, als nähme er das Wort nicht gerne in den Mund und als wäre das Traumspieleland eine gefährliche Krankheit. Pläne lägen bereits vor. Gutachten, alles da.
Jetzt verlor Susanna die Fassung.
„Das kann nicht sein! Das wollte ich machen", schrie sie.
„Frau Gabriel, schreiben Sie einfach Ihren Artikel, das würde schon reichen", sagte der Vorsitzende des Bauausschusses und erklärte den Anwesenden die Baulage. Ein alter Hof mit Kartoffellagerhalle und ehemaliger Maschinenhalle, die umgebaut werden sollten in ein Bällebad mit Hochseilklettergarten und vielem mehr – alles von Susannas Plan. Sie schüttelte entgeistert den Kopf. Das konnte nicht wahr sein. Ihr Lebenstraum zog gerade an ihr vorbei ins Unerreichbarland.

Plötzlich fiel ihr etwas ein. In einem Interview mit einem Landwirt vergangene Woche hatte der sich darüber beschwert, dass er keinen neuen Stall bauen dürfte, weil sein Nachbar angeblich einen Feldhamster in der Nähe gesehen hatte. Sie hob die Hand und sagte, ohne abzuwarten: „Dort kann man nicht bauen, ich habe dort einen Feldhamster gesehen. Das Foto habe ich zu Hause. Nächste Woche wollte ich über das seltene Tier, das überraschenderweise auch in unserem Kreisgebiet vorkommt, eine Story schreiben."
Anzugmänner und Strickpulli-Fraktion schauten sie überrascht an. Eine so schlagfertige, fachlich relevante

Antwort hatte der Lokalredakteurin offenbar keiner dieser Männer zugetraut. Gemurmel ging durch den Raum.
„Ich denke, bevor Sie sich über die Gewerbesteuereinnahmen freuen, sollten wir mit den Naturschutzvertretern reden", sagte Susanna betont professionell. Die Erteilung der Genehmigung wurde bis auf Weiteres verschoben. Susanna wartete das Ende der Sitzung nicht länger ab und fuhr direkt zum Resthof am Paradiesweg.

Wer in aller Welt hatte ihre zukünftigen Verpächter überredet? Und was für ein gutes Angebot musste dieser fremde Investor gemacht haben, da ihres doch schon großzügig gewesen war? Susanna fuhr mit ihrem Auto sonst schon schnell, aber jetzt raste sie. Im Radio brachten zwei Kabarettisten ihre Lieblingswitze. Als Susanna nach fünf Kilometern nicht ein einziges Mal gelacht hatte, schaltete sie das Radio ab.

Seit fünf Jahren, fünf Monaten und drei Tagen arbeitete sie an dem Plan, an der Umsetzung, rechnete sie immer wieder durch. Damals, ein Jahr nachdem ihr jüngerer Bruder Michael an Knochenkrebs gestorben war, hatte sie endlich seinen Rat befolgt und war wach geworden. Es kam ihr so vor, als habe sie all die Jahre zuvor unter einer Wolke verharrt, so unachtsam hatte sie gelebt. Michael war homosexuell und hatte sich erst ein Jahr vor seinem Tod geoutet. Wie hatten ihre Eltern darum gebetet, er möge das nicht tun, was würden die Leute sagen! Aber er hatte es durchgezogen. Schließlich wollte er die Beziehung zu seinem langjährigen Freund endlich öffentlich machen.
Die Eltern waren zunächst untröstlich: Sie würden ihren Sohn verlieren und der war auch noch schwul.

Michael hatte sie aber überzeugen können, dass sein Glück wichtiger war als das Gerede im Dorf. Susanna schmunzelte. Michaels Rat war: „Jeder braucht ein Coming-Out, damit man zu sich selbst steht und lernt, seinen Traum vor der ganzen Welt zu verteidigen. Also: Oute dich." Seine zweite Lebensweisheit war die: „Wenn es noch nicht gut ist, ist es noch nicht das Ende. Denn am Ende ist alles gut."
Susanna machte den Scheibenwischer an, aber die Sicht wurde nicht besser. Da flossen ihr zwei Tränen über die Wangen und die Sicht wurde klarer.
Als sie in den Paradiesweg einbog und auf den Resthof fuhr, war alles dunkel und totenstill. Der Kies knirschte unter ihren Schuhen. Susanna ging zur Tür, an der ein weißer Zettel hing. „Wir sind umgezogen", stand darauf. Eine Nummer war angegeben, die man bei Fragen wählen sollte. Fragen hatte sie ja genug. Also tippte sie die Nummer in ihr Handy ein, trotz der späten Stunde.

Ein paar Stunden zuvor am gleichen Abend hatte Lukas vor dem Zubettgehen auf den glitzernde Drachen geschaut. „Ich wünsche mir, dass Susanna bald ihr Spieleland bekommt, damit sie wieder mehr Zeit für mich zum Spielen hat. Dann wünsche ich mir, dass Mama noch ein paar Geschäftsreisen hat, damit ich öfter hier sein und mit ihr im Traumspieleland richtig toben kann." Lukas schaute andächtig zu Boden. Der Drache machte eine Seifenblase.
„Na gut, den zweiten Wunsch nehme ich zurück."
Erst jetzt wurde ihm bewusst, dass der Drache eine Seifenblase abgegeben hatte, ohne dass er auf den Schwanz gedrückt hatte. Lukas blickte auf. Er tippte ihm zaghaft auf den Kopf. „Bist du echt?"
Die Figur blieb steif. Lukas nahm den Drachen und schüttelte ihn.

„Wenn du echt bist, mach mal ein Feuer", sage er. Lukas holte eine Kerze aus dem Regal. „Hier, mach die an!" Er wirbelte den Drachen durch die Luft. „Oder flieg mal! Ich fange dich nicht auf", drohte er an, machte es aber doch.
Lukas war enttäuscht. Er warf den Drachen noch ein paar Mal hoch, aber da er nicht flatterte, musste er ihn kurz vor dem Aufprall immer wieder auffangen. „Ich werde dich im Blick behalten", drohte er dem Drachen.

„Du hast die Kerze angelassen, Lukas. Das ist gefährlich", ermahnte Susanna ihren Neffen im Flüsterton, als sie später die Decke über ihn zurecht legte.
„Dann ist er doch echt", murmelte Lukas im Halbschlaf.
„Schlaf schön", sagte Susanna und strich ihm zärtlich über die Wange. „Es wird alles wahr, wenn du daran glaubst."

Am nächsten Morgen stand Robert hinter einer Ecke im Halbdunkeln und wartete darauf, dass der Fahrstuhl ankam und Susanna ausstieg. Nichts war zu hören außer seinem Atem. Er zog den Kragen seiner Lederjacke ein bisschen höher und hielt sein Geschoss bereit.
Aber der Fahrstuhl ließ auf sich warten. Offenbar stieg in jeder Etage jemand aus. Er presste seinen Körper enger an die kalte Wand und umfasste das Geschoss fest.
„Robert! Wie stehst du denn da?", überraschte ihn eine Kollegin, die die Treppe hochtapste.
Sofort versteckte Robert das Geschoss hinter seinem Rücken und nahm eine lockere Körperhaltung an.

„Ich warte hier nur, geh ruhig schon rein."
Sie lugte hinter seinen Rücken. „Was ist das?"
Robert verbarg das Gerät noch weiter hinter seinem Rücken und trat zwei Schritte zurück.
„Susanna kommt heute später. Sie hat noch einen Termin", sagte die Kollegin und wirkte nicht, als habe sie vor, weiterzugehen.
Wieso wusste sie, dass er auf Susanna wartete, fragte er sich.
„Hast du dich etwa schon wieder geschminkt?", plapperte die Kollegin munter weiter. Schnell strich Robert sich übers Gesicht, als könne er die Spuren des Abdeckstiftes wegstreichen. Er schüttelte kräftig den Kopf. Als sie endlich ging, war er froh und ignorierte ihr Schulterzucken.

Robert hatte vier Narben unter den Augen. Es waren lange Linien, die längs über seine Wangen verliefen. Es sah so aus, als hätten Tränen einen tiefen Graben auf seiner Haut hinterlassen, ein versteinertes Flussbett. Viele Leute starrten dorthin, und Robert ertrug die Blicke nicht, in denen er nur Ekel und Abscheu erkannte. Die Narben ließen ihn düster und gefährlich aussehen. Das wiederum hatte Vorteile, wenn er etwas erreichen wollte und die Menschen einwilligten, weil sie Angst vor ihm hatten. So war es erst vor Kurzem wieder geschehen.

Ein paar Tage später hatte Susanna endlich das Ehepaar ausfindig gemacht, das ihr den Resthof hatte verpachten wollen und nun nicht mehr am Paradiesweg wohnte. „Was hat er gemacht, dass Sie sofort ausgezogen sind? Hat er Sie bedroht? Hatte er eine Waffe?" Susanna brüllte fast, so aufgeregt war sie. Sie lief auf und ab und hob bei den Fragen ihre

Hände in die Luft, als bitte sie Gott um eine Offenbarung.

„Frau Gabriel, wir haben Ihnen doch gesagt, dass wir nicht darüber sprechen können. Wir unterliegen einer strikten Schweigepflicht." Das Ehepaar saß auf dem Sofa, die Hände im Schoß gefaltet. Die Frau rutschte unruhig hin und her. Über ihren Nachbarn hatte Susanna die beiden gefunden.

„Ich hätte sofort mit ihnen einen Vertag machen sollen! Wissen Sie eigentlich, was das für mich bedeutet?" Susanna ging auf einer unsichtbaren Linie auf und ab.

Das Ehepaar hatte offenbar ein schlechtes Gewissen. Beide schauten schuldbewusst zu Boden. „Dann geben Sie mir wenigstens einen Tipp, wie dieser Mann, dieser Investor aussah."

Das alte Ehepaar blieb hart. „Wir sehen ja auch gar nicht mehr gut. Wir können gar nichts sagen", meinte der Mann.

„Der Käufer muss viel geweint haben. Die Tränen hatten sich richtig in seine Haut eingegraben. Wissen Sie, ihm war der Hof genauso wichtig wie Ihnen", sagte die Ehefrau. Es war nicht zu übersehen, dass sie jetzt noch Mitleid mit dem Investor hatte.

Auf diese Tour hatte der Käufer sie also gekriegt, ärgerte Susanna sich. Und natürlich mit dem Rundum-sorglos-Paket. Er hatte dem alten Ehepaar offenbar innerhalb weniger Tagen eine seniorengerechte Wohnung mit Garten in Stadtrandlage besorgt und eine hübsche Summe auf den Tisch gelegt, wie die beiden angedeutet hatten.

Susanna kannte niemanden, der so ein weinerliches Gesicht hatte. Wo sollte sie jetzt ansetzen?

Susanna nahm sich einen Stuhl, setzte sich den alten

Leuten gegenüber und fing heftig an zu weinen. Das aber war noch nicht ihre Strategie.

Am nächsten Nachmittag war Lukas allein in Susannas Wohnung. Er hatte alle Rollläden heruntergelassen und die Taschenlampe in seinem Igluzelt im Wohnzimmer angemacht. So war es abenteuerlicher. Er starrte den Drachen an, den er mit ins Zelt genommen hatte. Seit der einen Nacht hatte er nicht wieder Seifenblasen gespuckt oder eine Kerze angezündet. Lukas kraulte ihn hinter den Ohren, strich ihm über den Rücken, aber nichts geschah. „Ich glaube ganz fest an dich", sagte Lukas und strahlte den Drachen an. „Ich glaube auch, dass du zaubern kannst, dass Mama, Susanna und ich zusammen eine Wohnung direkt neben dem Traumspieleland haben werden und ich jeden Tag eine Waffel in den Schokobrunnen aus meinem Traum tunken kann."

Plötzlich hörte Lukas, wie die Wohnungstür aufgeschlossen wurde. Schwere Männerschritte waren auf dem Parkett zu hören. Lukas knipste schnell die Taschenlampe aus und drückte den Drachen an sich. Die Wohnzimmertür wurde geöffnet. Lukas spürte, wie sein Herz zu rasen begann. Es klopfte so laut, dass der Einbrecher es hören würde, befürchtete er. Er überlegte krampfhaft, wie er sich wehren konnte, aber ihm fiel nichts ein. Außer die Luft anzuhalten und keinen Mucks von sich zu geben.
Der Einbrecher schaltete das Licht ein und befestigte etwas über der Tür. Das konnte Lukas hören. Er will Susanna umbringen und lässt einen Stein auf sie fallen, dachte Lukas. Plötzlich wurde die Wohnzimmertür vorsichtig geschlossen. Die Haustür fiel ins Schloss, der Spuk war vorüber. Als Lukas vorsichtig

den Reißverschluss seines Zeltes öffnete und zur Wohnzimmertür schaute, rieb er sich die Augen. So etwas hatte er noch nie gesehen.

Während Susanna die Treppen zu ihrer Wohnung hochging, blickte sie auf ihr Handy. Sie hatte fünf Anrufe in Abwesenheit bekommen. Lukas hatte fünf Mal versucht, sie zu erreichen. Ihre Augen weiteten sich. Der Kleine rief sonst nie an – und ausgerechnet jetzt hatte sie ihr Handy auf stumm gestellt. Sie ging schneller und brauchte mehrere Versuche, um den Schlüssel ins Schloss zu stecken. „Lukas?", rief sie in den Flur, und ihre Stimme klang voller Sorge. Hastig öffnete sie die Wohnzimmertür. Er war sicher im Zelt. Dort war er immer, wenn etwas passiert war. Als sie ins Wohnzimmer trat, kam er auf sie zugerannt und zeigte warnend mit dem Finger über die Tür. Susanna schaute hoch. In diesem Moment knallte es laut. Über ihr platzten zwei riesige Rohre auseinander. Schützend hielt sie die Arme über den Kopf und duckte sich instinktiv. Etwas prasselte auf sie nieder.

Aber es tat gar nicht weh, es war ganz leicht. Vorsichtig schaute sie durch das Fenster zwischen ihren Armen. Sie war von Kopf bis Fuß mit roten Glitzerherzen bedeckt. Lukas stand vor ihr und hielt sich erschrocken die Hand vor den Mund. Langsam trat ein Lächeln auf sein Gesicht. Auch Susanna lächelte erst zaghaft, dann beugte sie sich zu ihm herunter. Sie umarmten sich und lachten erleichtert.

„Ich habe den Hof am Paradiesweg gekauft", sagte Susanna. In ihrer Stimme lag Zufriedenheit. „Jetzt kann es losgehen mit dem Traumspieleland!"

Lukas schaute auf den Glitzerdrachen, den er in der Hand hielt, und grinste ihn an. Seine Lippen formten ein stummes „Danke".

In der Redaktion schrieb Susanna am nächsten Tag einen Artikel nach dem anderen und tippte heftig in die Tastatur.

„Guck mal, was ich im Mund habe!" Robert öffnete seinen Mund und steckte Susanna die Zunge raus, auf der kleine Kügelchen explodierten.

Als Susanna sich vorbeugte, um genau hinzuschauen, knallte ihr ein Stückchen Brausegranulat ins Gesicht.

„Knisterschokolade! Gibt's die noch? Wo hast du die denn her?"

„Dieses Internet zaubert einem einfach alles herbei", sagte er und hielt ihr eine Packung hin.

Susanna lächelte ihn dankbar an. Robert war der einzige Erwachsene unter ihren Bekannten, der ihren Sinn für Schabernack teilte.

„Für dein Traumspieleland. Das kannst du den Kindern am Eingang geben als Geschenk. Und beim Nachhausegehen gibt's dann Esspapier oder buntes Blasen-mach-Kaugummi", schlug er vor.

Plötzlich starrte Susanna auf seine Narben. Er hatte sie nicht wie sonst überschminkt.

„Oh mein Gott, du warst das!", platzte es aus ihr heraus.

„Was?" Er war erschrocken über ihren plötzlichen Wandel: Ihr freundliches Lächeln versteinerte innerhalb weniger Sekunden zu einem strengen Gesicht.

„Du warst das! Du hast mir den Resthof vor der Nase weggekauft!", schnauzte sie.

„Lass uns das doch woanders bereden, nicht während der Arbeit."

„Du hast meinen Bauplan geklaut!", keifte sie und tippte ihm auf die Brust.

„Das verstehst du nicht!" Er wich zurück.

„Und ob ich das verstehe, Herr Ideenklauer! Du bist

das Allerletzte!" Ihre Augen waren voller Zorn.
Robert stand mit dem Rücken an der Wand. „Komm, lass uns einen Kaffee trinken. Dann erkläre ich dir alles", wollte er beschwichtigen. Susanna wandte sich zum Gehen, da rief er ihr hinterher: „Das mit den Herzen im Knallbonbon war ich auch!"
„Du bist in meine Wohnung eingebrochen?"
„Deine Schwester hat mir den Schlüssel gegeben."
„Du machst gemeinsame Sache mit meiner Schwester?"
„Wir wollten dir den Resthof doch nur schenken. Also, es war meine Idee, und sie hatte das Geld!"

Jetzt war es raus. Robert sah aus, als würde er jeden Moment zusammenbrechen. Seine Schultern fühlten sich plötzlich so schwer an. Er bat sie mit den Augen um Vergebung. „Als mein Freund mir von der Gemeinderatssitzung berichtete, wusste ich, dass ich mich mit der Überraschung beeilen musste. Aber ich habe dich nie angetroffen, weder hier in der Redaktion noch zu Hause."
Susanna fasste sich an die Stirn. Oh mein Gott, das war gründlich schiefgelaufen. „Ich habe die ehemaligen Besitzer des Resthofes gestern dazu gebracht, den Vertrag mit dem Fremdinvestor zu widerrufen!" Sie schüttelte den Kopf und blickte zu Boden.
„Dann fahren wir heute Abend gemeinsam hin."
„Gut, das machen wir. Ich muss jetzt zum Jahrestreffen der Vereinigten Botaniker. Um sieben bei mir", sagte sie und ging.

Die Herz-Knallbonbons hatten ihre Wirkung verfehlt. Robert war enttäuscht. Noch nie hatte er sich so für eine Frau ins Zeug gelegt und noch nie war es so schiefgegangen, dachte er. Mit hängenden

Schultern ging er aus dem Flur an seinen Schreibtisch im Büro. Vielleicht war das alles eine blöde Idee gewesen.
Plötzlich tippte ihm jemand auf die Schulter. Er hatte gar nicht bemerkt, dass jemand hinter ihm stand. Susanna gab ihm einen kleinen Kuss auf die Wange, schaute dann scheu zu Boden und ging schnell weg, ohne sich noch einmal umzudrehen. Robert hörte den ganzen Tag nicht mehr auf zu grinsen.

Ein Jahr später stand der glitzernde Drachen auf der Spitze des Schokobrunnens wie ein Stern am Weihnachtsbaum. Das war Lukas' Wunsch gewesen. Für ihn war das, was er sich gewünscht hatte, in Erfüllung gegangen. Susanna hatte den Resthof nicht nur in ein Traumspieleland nach ihren Wünschen umgebaut, sondern Lukas' Mutter und er waren in das alte Bauernhaus gezogen – zusammen mit Susanna, versteht sich. Und wenn keiner hinsah, schlich er sich in die Eingangshalle und tauchte eine Waffel in den Schokobrunnen.

Und die Knallbonbons mit Herzchen hatten sich doch gelohnt. Susanna und Robert heirateten schon ein Jahr nach der Eröffnung des Traumspielelands. Ihre Hochzeit fand im Bällebad statt, wo Susanna sich am wohlsten fühlte.

Jeden Tag hielt Robert eine Überraschung für Susanna bereit. Mal gab es einen Kuss und ein klitzekleines Feuerwerk aus der Hand. Mal war es ein Eisbecher mit Schirmchen, mal ein Lolli, der die Zunge gelb färbte. Ein anderes Mal bekam nicht nur Susanna, sondern jedes Kind im Spieleland einen Fantasie-Namen, wobei Luki immer „Mr. Superdrache" heißen wollte und Susanna „Mrs. Pink". Und da wirklich alles gut war und alles wahr wurde, woran Lukas, Robert und Susanna so lange geglaubt hatten, ist dies auch das Ende der Geschichte.

Heimat?

Oma setzt den Kaffee auf. Die ganze Küche duftet herrlich nach gemahlenen Kaffeebohnen. Auf den Tisch stellt sie das Geschirr mit blauem Zwiebelmuster. Für Opa hat sie das frisch gebackene Bauernbrot angeschnitten, wovon Sarah wie schon als Kind sieben Scheiben essen wird – nur weil es so gut schmeckt. Dazu gibt es Schinkenwurst, von der sich jeder selber ein Stück abschneidet. Es kommt Sarah so vor, als säßen sie beim Picknick, draußen am Rand des Getreidefeldes, den Duft von reifem Korn in der Nase. Sie schaut sich in der schwarzweiß gekachelten Küche um und bemerkt, dass Oma einen Bund Hafer in die große Vase neben der Tür gestellt hat.

Für ihre Enkelin kocht Oma immer extra einen Espresso in der kleinen Edelstahlkanne, die Sarah ihr aus Italien mitgebracht hat. Sarah mag keinen Filterkaffee, und Oma will sie verwöhnen. Langsam schöpft Sarah die goldbraune Crema ab, die so luftig leicht ist und doch die Schwere des Kaffees in sich trägt.

Opa kommt in die Küche. Er bringt Stallgeruch mit, denn bei Oma und Opa liegt die Küche noch direkt neben der Tenne, in der sechs Kühe stehen.
„Opa ist von vorgestern", sagt Oma immer.
Er melkt noch im Anbindestall und muss die Melkmaschine von Kuh zu Kuh weiterrücken. Die Nachbarn besitzen längst einen modernen Boxenlaufstall mit Melkrobotern für 120 Kühe.

„Wenn er die Kühe nicht mehr hat, fällt er auf der Stelle tot um", erklärt Oma gerne. „Wir müssen ihm die Kühe lassen."

„Ach, die Sarah", begrüßt Opa seine Enkelin und nimmt sie halb in den Arm, während sie auf dem Stuhl sitzt und kaut, den Mund voll vom frischen Brot. „Du bist ja eine richtige Frühaufsteherin. Wenn ich mein zweites Frühstück nehme, stehst du auf."
Oma gießt Opa Kaffee ein und schiebt ihm den Stuhl zurecht. Dann fragt sie Sarah nach der Hochzeit, auf der sie gestern war. „Seit dem Kindergarten kennst du Marlene jetzt, nicht wahr? Hatte sie ein schönes Kleid?", fragt Oma.
Sarah erzählt von dem mit Pailletten besetzten Kleid mit langer Schleppe, von dem Reitverein, der mit frisierten Pferden Spalier gestanden hatte, und von Marlenes Physiker-Kollegen, die ihr um Mitternacht ein Feuerwerk entzündet hatten.
„Das waren noch Zeiten, als man dachte, der Schädel einer Frau sei zu klein und die Temperatur im Gehirn zu kühl und somit das weibliche Gehirn nicht funktionstüchtig. Da gab es noch keine PhysikerINNEN", zieht Opa die beiden auf. Jedes Mal schüttelt er eine Studie aus dem Ärmel, die die weibliche Intelligenz in Frage stellt.

Oma schmiert ihm ein Brot mit viel Butter und Liebe. „Aber Hans, die neueste Studie, nach der die Gene für Intelligenz nur auf dem X-Chromosom liegen, wovon nur Frauen zwei haben, hast du noch gar nicht vorgetragen."
Opa grunzt ein unterdrücktes Lachen. Das ist es also, was Leute meinen, wenn sie sagen, dass ihre Liebe mit Humor jung bleibt, denkt Sarah, die selbst schon viel zu lange allein ist.

Sie hätte noch ewig mit ihren Großeltern hier am Küchentisch sitzen können. Wie lange war dieser Ort schon nicht mehr ihr Zuhause? Früher hatte sie mit ihren Eltern und Großeltern in einem Haus gewohnt und sich jeden Tag die Backen mit Omas Bauernbrot vollgestopft wie ein Hamster. Auf dem Dachboden hatte sie stöbern dürfen, alte Mathe- und Deutschhefte mit schlechten Noten von Opa gefunden und Kinderbücher von Oma, die muffig rochen und so staubig waren, dass die Hände nachher juckten und das Wasser beim Händewaschen braun wurde.

„Gefällt es dir in deiner neuen Wohnung?", fragt Oma.
„Mensch, wie oft bist du jetzt schon umgezogen? Du kennst ja bald die ganze Welt", meint Opa.
„Das kommt euch nur so vor." Sarah weiß aber, dass sie recht haben. Sie schaut auf die Postkarten am Kühlschrank, die sie ihnen aus vielen Städten der Welt geschickt hatte. Zwei Jahre Vordiplom in Hamburg, ein Jahr Oslo, zwei Jahre Hauptstudium in Berlin, je drei Monate Praktikum in Vancouver und San Francisco, ein kurzer Job in Hildesheim und nun endlich eine feste Stelle in Marburg.
„Wenn du so oft umziehst, wirst du nirgendwo heimisch. Bevor du dich richtig wohl fühlst, bist du schon wieder weg", erinnert sie sich an Omas Worte.

Oma und Opa kommen aus demselben Ort und sind nie umgezogen. Er war damals auf dem Schulweg an ihrem Hof vorbeigekommen. Oft arbeitete Oma im Garten an der Straße, wenn Opa mit dem Rad vorbeifuhr. Mit siebzehn Jahren hatte Opa sie jeden Samstag zum Tanztee eingeladen.

Opa steht auf. „Ich muss weiterarbeiten. Sonst werde ich heute nicht mehr fertig." 76 Jahre und immer noch voll berufstätig, denkt Sarah. Opa küsst Oma auf die Stirn und sie umarmen sich. Oma lacht wie ein junges Mädchen, das sich schämt und freut zugleich. Das ist ihr Ritual, und Sarah liebt es. Als Opa weg ist, verrät Oma: „Weißt du, Heimat ist dort, wo der Mensch ist, den du liebst. Dieses Zuhause wirst du auch eines Tages finden."

Im Versteck

Lena hatte sich zwischen Strohballen auf dem Dachboden versteckt. Vier Rundballen bildeten eine Lücke in der Mitte, in die sie genau hineinpasste. Es ist viel zu heiß hier oben. Wir haben doch nur vier Wochen Sommer, warum muss mir das gerade jetzt passieren, fragte sie sich. Aber dass sie hier oben war, darauf würde niemand kommen.

Lena schaute sich um. Dicke Backsteinmauern trugen das alte Dach des Bauernhauses. Die grünen Holzbretter am Dachfirst, die ein schönes Dreieck bildeten, waren schon verblasst und morsch. Sie ließen Lichtstrahlen durch. Lena hörte Mama ihren Namen rufen. Papa und die beiden Azubis schrien auch über den Hof. Dass jetzt alle nach ihr suchten, damit hatte sie nicht gerechnet. Wenn sie so viel Aufwand betreiben, sind sie am Ende noch viel böser auf mich, befürchtete Lena und kratzte loses Stroh zusammen, das sie sich schnell über den Kopf legen würde, sollte sie jemanden die schwere Eichentreppe hochstapfen hören. Dann wäre sie unsichtbar. Das hatte sie schon oft mit ihrem Bruder gespielt. Gegenseitig hatten sie sich Stroh auf den Kopf gestreut, wenn sie in die Ritze zwischen den Strohballen gerutscht waren. Dass die Ballen lose standen und beim Toben ein Rundballen umfallen könnte, daran hatten sie nie gedacht.
Lena hörte leichte Schritte näher kommen. Das konnte kein großer Mensch sein. Sie schaute durch eine Ritze zwischen den Strohballen. Ihr Bruder

öffnete die Dachluke, die voller Spinnenweben war, und strich sich die Fäden aus dem Gesicht.
„Lena? Sie sind nicht mehr sauer! Komm raus! Mama macht sich Sorgen!" Sebastian lief umher, schaute in den Ecken nach seiner Schwester und rief dabei immer ihren Namen.

Sollte sie es wagen? Vielleicht war es nur ein Trick, und die Strafe würde noch härter werden. Sofort sah Lena das wutverzerrte Gesicht ihres Vaters vor sich, wie sich der Mund heftig bewegte und laute Worte auf sie einprügelten, die sie nicht hörte. Sie blieb besser hier im Strohversteck.

„Du kannst nicht ewig hier bleiben. Irgendwann musst du etwas essen. Und Mama hat Milchsuppe gekocht, die wie Vanillepudding schmeckt", lockte Sebastian sie, während er suchend umherschlich. „Du darfst auch heute der Bestimmer sein in unserer Bude."
Das war gut, das durfte Lena nie.
In diesem Moment hörte sie draußen ihre Mutter vor Schreck schreien. Lena entwich ein sorgenvoller Seufzer. Sofort rannte Sebastian zu ihrem Versteck.
„Du bist dumm. Alle haben sich Sorgen gemacht! Du müsstest wissen, dass eine Kette nicht so viel Wert ist wie ein Kind", belehrte ihr Bruder sie. Mit gesenktem Blick kletterte Lena aus ihrem Versteck. Wenn ihrer Mutter jetzt etwas passiert war, hatte sie nicht nur Omas Diamantenkette – den Hofschmuck – in die Güllegrube fallen lassen, weil sie den Verschluss nicht richtig zugemacht hatte, sondern auch noch Mama auf dem Gewissen. Die Last wog schwer auf ihren Schultern. Sie ergriff die Hand ihres Bruders und ließ sich mitziehen.

Auf dem Hof angekommen, sahen sie, was passiert war. Mama war über Sebastians Skateboard gestolpert und dann halb auf den kniehohen Gartenzaun gefallen. Sie hielt sich das rechte Auge und weinte. Als Mama Lena sah, hörte sie damit auf, als wäre nichts geschehen. Das Blut floss über der Augenbraue herunter. Mama breitete ihre Arme aus und rief Lena bei ihrem Namen. Lena weinte jetzt auch und lief Mama in die Arme. Wie sie sich schämte. Ihre Nase verkroch sie in Mamas Bauch, aber ihre Mutter hob sie hoch.

„So etwas darfst du nie wieder tun. Die Kette braucht kein Mensch!"

Papa protestierte im Hintergrund mit einem Schnauben, aber Mama ignorierte das und drückte Lena noch fester an sich, bis sie „Aua" schrie.

Mamas Augenbraue blutete immer noch stark. Sebastian hatte ihr ein Pflaster geholt und Desinfektionsspray. Er hielt ihr beides hin.

„Danke, aber ich lasse die Wunde besser nähen. Papa bringt mich ins Krankenhaus und ihr beide bleibt hier", ordnete Mama an.

Lena wunderte sich, dass sie mit so einer blutenden Wunde am Kopf alles noch organisieren konnte.

„Und wenn ihr euer Spielzeug nicht bald ordentlich wegräumt, platzt mir nicht nur die Augenbraue auf, sondern auch der Kragen", sagte Mama. Sebastian sollte aufpassen, dass Lena die Kette nicht in der Güllegrube suchte, und bei den Strohballen durften sie nur spielen, wenn der Lehrling dabei war.

Sebastian und Lena räumten ihre Spielsachen sofort aus dem Garten in das kleine Holzhaus und spielten in ihrer Bude. Lena durfte der Bestimmer sein, wollte es aber lieber auf einen anderen Tag verschieben.

Späte Geschenke

Das Akkordeon mit roter Muschelverkleidung stand in der einen Ecke der Küche und erinnerte Monika an alte Zeiten. Opa hatte es sonntags vor dem Mittagessen oft in die Hand genommen und gespielt. Dann wippte er in den Knien und sang lustige Volkslieder wie Heinos „So blau, blau, blau blüht der Enzian …".
Opas Schmerzensschrei, der aus dem Altenteilerhaus gegenüber zu Monika ins Haus drang, riss sie aus ihren Gedanken. Er brauchte einen neuen Verband. Im Laufstall weinte jetzt auch ihre kleine Tochter Lisa, die gestillt werden musste, und auf dem Herd brutzelte das Mittagessen für elf Leute, das in einer halben Stunde fertig sein sollte. Monika wusste nicht, wohin sie zuerst gehen sollte. Sie entschied sich für ihre Tochter Lisa, die sie an ihre Brust hielt und mit an den Herd nahm.
Monika piekte in den Braten und in die Kartoffeln, beides war gar. Sie stellte die Herdplatten ab und mit einer Hand schüttete sie die Fertigsoße in den Sud des Bratens. Wie froh war sie, dass es diese Fixtüten gab. Das schmeckte einfach immer, auch wenn sie nebenbei noch anderes erledigen musste und der Braten vielleicht ein bisschen verbrannte. Der Brokkoli war schon lange gar und stand im Warmhalteofen. Lisa ließ sich nicht stören und saugte ruhig weiter. Monika deckte mit einer Hand den Tisch. Noch zwanzig Minuten, dann würde er sich mit neun Ärzten füllen, die bei ihrem Mann in der Großtierarztpraxis arbeiteten. Jetzt musste sie nur

noch Opa holen. Sie nahm die Kleine von der Brust und legte sie über die Schulter, wo schon das Spucktuch bereit lag. Mit Wundsalbe und Verband lief sie hinüber zu ihrem Schwiegervater.

Monika öffnete die schwere Eichentür, die sie in die große Diele führte. Ihr Blick erfasste die schwarzweißen Fliesen und die dunkle Holzverkleidung des alten Bauernhauses. Die Eingangshalle machte durch ihre hohen Wände und die enorme Weite einen herrschaftlichen und vornehmen Eindruck. Buntes Licht, das durch die Glasfenster neben der Haustür drang, unterbrach die Ernsthaftigkeit. Die Glasmalerei zeigte Bauern, wie sie mit Hilfe eines Pferdes den Acker pflügten und Kartoffeln aufsammelten.
Als Monika in Opas Zimmer ging, hörte sie ihn stöhnen.
„Johann, hast du Schmerzen?" Monika richtete das Krankenbett auf und legte ihm die kleine Lisa in den Arm. Sofort hörte er auf zu stöhnen, seufzte nur noch, öffnete die Augen und betrachtete seine Enkeltochter. Monika wickelte den Verband ab und trug die Salbe auf.
„Siehst du, sie kann schon greifen", sagte Monika.
Die Kleine versuchte, Opas Zinkennase festzuhalten und lachte ihn frech an. Er lächelte, als gäbe es nichts Schöneres auf der Welt.
Neben seinem Bett lag ein Stapel mit Büchern und Zeitschriften. „Hast du wieder ein paar Rätsel gelöst?"
Opa nickte und sagte mit heiserer Stimme: „Du wirst eine hochwertige italienische Kaffeemaschine, einen neuen Staubsauger mit extrastarker Saugkraft, ein Dampfbügeleisen und eine Reise nach Mallorca zur

Mandelblüte gewinnen. Denn ich habe immer deinen Namen eingetragen."

Monika zog die Augenbrauen hoch und hielt im Wickeln des Verbandes inne. „Das ist aber nett von dir!" Geschenke hatte sie schon lange nicht mehr bekommen, immer nur neue Aufgaben.

„Ich mache dir so viel Arbeit. Ich falle dir zur Last", jammerte er.

Wenn sie ihn nicht dazu anhalten würde, sich zu bewegen, hätte er sich schon längst wundgelegen, das wusste sie. Aber sie winkte ab und half ihm in den Rollstuhl. „Komm, das Mittagessen steht schon so gut wie auf dem Tisch."

„Gibt es denn Kartoffeln?"

Sie nickte. Ein Mittagessen ohne Kartoffeln war für Opa nichts wert.

„Arbeite nicht so viel", sagte er, als sie ihn in das andere Haus schob. Er hörte nicht auf, die kleine Lisa anzulächeln.

Die anderen saßen bereits am Tisch. Als Monika Opa an seinen Platz geschoben hatte und für ihn die Serviette entfaltete, flüsterte er: „Die Bluse." Monika entdeckte einen großen feuchten Fleck auf der Brust und lief rasch ins Schlafzimmer. Dort ließ sie sich auf der Bettkante zusammensacken. Ihr war das alles zu viel. Die Arbeit hörte einfach nicht auf. Als sie aufblickte, sah sie im Spiegel ihre tiefen Augenringe. Die ersten zwei Jahre, wenn das Kind da ist, darfst du dein Leben und eure Beziehung nicht in Frage stellen, hatte ihre Mutter geraten. Daran versuchte sie sich zu halten. Monika stand auf, zog eine frische Bluse an und strich sich den Rock glatt, brachte das Haar in Form und lächelte der Frau im Spiegel zu. Sie würde es schaffen, sie hielt durch. Eine Holzmann braucht keine Haushaltshilfe, hatte ihr Mann Michael gesagt, was sollten denn die Nachbarn dazu sagen. Auch einen Gärtner für die Anlagen, die rund um das Anwesen reichten, hielt er für überflüssig. Ihre Schultern sackten wieder ein bisschen mehr zusammen, das Kreuz schmerzte.

Noch immer saßen die Männer am Tisch – ohne Essen. Sie hatten auf Monika gewartet. Fröhlich plauderten sie über die Arbeit. Ja, so sind sie, dachte Monika. Sie füllte die Platten und Schüsseln und rief freundlich: „Braten? Ihr habt so hart gearbeitet, da müsst ihr auch gut essen!" Sie aßen alles auf.
Monika war ins Spülen der Töpfe versunken, als sie plötzlich ein heftiges Husten hörte. Sie drehte sich zum Laufstall um und sah Lisa, die ein Stück Tapete in der Hand hielt. Sie hatte ja gerade greifen gelernt, schoss es ihr durch den Kopf. Der Laufstall sollte eine Stelle verdecken, an der die Tapete stümperhaft angekleistert worden war. Von dieser lose hängenden Tapete hatte Lisa offenbar etwas abgerissen und in den Mund gesteckt. Monika griff Lisa an den Beinen, stellte sie auf den Kopf und schüttelte sie so fest sie konnte. „Lisa! Mein Mädchen!", rief sie panisch. Michael, der sich nach dem Essen im Arbeitszimmer an die Buchführung gesetzt hatte, stürzte in die Küche. Lisa lief blau an. Er klopfte ihr auf den Rücken, klopfte und klopfte. Endlich spuckte das Mädchen ein Stück Papier aus und die Eltern seufzten erleichtert. Monika drückte ihr Kind fest an sich, das vor Schreck wie am Spieß schrie. Michael umarmte alle beide.
„So geht das nicht weiter. Ich brauche Unterstützung", schimpfte Monika jetzt. „Eine Haushaltshilfe, eine Altenpflegerin oder einen Gärtner."

Er wehrte nicht mehr ab, sondern nickte nur.
Am Abend ging Monika mit Lisa wieder rüber zu Opa, um ihn zum Abendbrot abzuholen. Sie hatte ihm sein rotes Akkordeon mitgebracht, damit auch er sich an die lustigen Sonntage mit seiner Musik erinnern konnte. Aber sie hörte kein Stöhnen. Er schlief offenbar. Monika legte Lisa in seinen Arm und holte ihm die Zigarren, die über dem Kamin versteckt waren. Nach dem Schlafen wollte er immer paffen. Im Kamin sah sie ein angekokeltes Stück Papier, auf dem ihr Namenszug zu sehen war. Das Schlitzohr hatte ihre Unterschrift geübt, um sie bei den Preisrätseln einzutragen. „Du bist ja einer", rief sie fröhlich. Aber Opa wurde nicht wach.
Plötzlich bekam sie ein mulmiges Gefühl. Sollte es etwa so weit sein? Sie nahm Lisa an sich und fühlte seinen Puls – nichts. Seine Stirn war noch warm. Sie zog vorsichtig ein Augenlid hoch. Seine blauen Augen hatten sich verdunkelt. Monika erkannte den Tod. Sie griff Opas Hand und streichelte sie, während eine Träne nach der anderen auf die weiße Leinenbettwäsche tropfte. In der anderen Hand wog sie das schreiende Mädchen.

Zwei Wochen nach Opas Tod – Monika hatte inzwischen einen Gärtner, natürlich nur so lange, bis die neue Praxis gebaut war – kamen drei große Pakete an. Der Postbote, Hans, der im ganzen Dorf bekannt war und immer gerne bei den Holzmanns zum Mittagessen blieb, scherzte: „Na, jetzt hast du ja endlich etwas gewonnen! Ich frag mich, wie du es überhaupt schaffst, auch noch die ganze Zeit Preisrätsel auszufüllen!" Hans nahm auch alle abgehenden Briefe mit zur Post und hatte offenbar mitgefiebert. „Na, mach auf, ich will sehen, was drin ist!"

Sie packte eine italienische Kaffeemaschine, einen neuen Staubsauger mit extrastarker Saugkraft und ein Dampfbügeleisen aus. Monika klatschte sich auf die Oberschenkel. Das war ja ein Traum. Sie warf einen Blick gen Himmel und bedankte sich im Geiste bei Opa.
„Und hier ist noch ein Brief für dich!"
Die Reise nach Mallorca zur Mandelblüte.

Deutsche Kälte,
italienische Tränen

Als mein Opa in Castrop-Rauxel in Deutschland starb, starrte mich meine komplette italienische Praktikumsfamilie an. Achtzehn Ohren bekamen mit, wie ich zusammenbrach, als die Nachricht durch den Telefonhörer drang. Noch nicht einmal jetzt hatte ich hier im süditalienischen Lecce Privatsphäre. Alle ließen ihre Spaghetti carbonara kalt werden. Ich drehte mich zum Herd um, sodass sie nur noch meinen Rücken sahen. Das brachte Nonna Maria, die Großmutter, dazu, ihre Hände über dem Kopf zusammenzuschlagen. „Mama mia, una catastrofe! Poverino!" Ich mochte es, wenn sie mich mit dem Ausruf „Poverino", du Armer, mit ihrem Mitgefühl und ihrer Liebe fast ertränkte. Das tat sie unter der Woche sehr oft, aber nie tröstete es mich so sehr wie an diesem Tag. Es war eine Umarmung, ohne berührt zu werden.

Als ich aufgelegt hatte, waren gleich unglaublich viele Arme da, die mich an die Brust drückten, mir auf die Schulter klopften oder über den Kopf strichen. Dabei hatte ich noch gar nicht genau erklärt, was passiert war. Plötzlich hielten sie mich von sich weg und fragten, was los sei, man würde ja von Ischia aus sehen, dass es schlimm sei. Ich brachte die Worte kaum über meine Lippen. Da war es schonender, es erst einmal nur auf Italienisch zu sagen. Als wäre es einem anderen Enkelsohn in einer anderen Welt passiert. „Mio nonno è morto. Un incidente con il trattore."

„Unfall mit dem Trecker" stimmte zwar nicht, aber ich wusste nicht, was Kartoffelroder auf Italienisch hieß. Mir stiegen die Tränen in die Augen, aber ich weinte nicht vor anderen Menschen. Ich wusste, in wenigen Sekunden würde in mir eine eiserne Blockade herunterfallen, ein Panzer, der keine Träne durchlassen würde.
Bei meiner italienischen Familie passierte genau das Gegenteil. Als hätte ich bei den anderen einen Knopf gedrückt, fing meine Familie an, mit den Lippen zu beben, Tränen zu vergießen und qualvoll zu seufzen, als könne das alles nicht wahr sein. Es kam mir unwirklich vor, denn sie kannten Großvater nicht.

Zu Hause hätte ich mich geschämt, aber hier inmitten meiner italienischen Familie wurden auch meine Augen feucht. Eine innere Stimme ermahnte mich, ich solle mich endlich zusammenreißen und nicht jammern. „Aber mein Opa ist doch ...", protestierte ich innerlich. „Das gehört sich trotzdem nicht. Geh auf dein Zimmer", hörte ich es in meinem Kopf schimpfen. Ich verabschiedete mich und sagte, ich wolle mich ein bisschen zurückziehen. Aus dem Flur hörte ich noch, wie Nonna sagte, „die armen Deutschen müssen immer alles mit sich allein ausmachen." Die Familie sei doch dazu da, dass man sich gegenseitig stütze. Francesco, der 16-jährige Ferienbesuch, winkte ab: „Ma come sono freddi i tedeschi!" Wie kalt wir Deutschen seien, das war ein weitverbreiteter Vorwurf.

Ich packte meine Koffer. Mama hatte mir einen Flug für den gleichen Abend gebucht. Ein Jahr hatte ich auf dem italienischen Bauernhof gearbeitet. Übernächste Woche wäre ich sowieso abgereist. Nun verpasste ich meine Abschiedsparty. Meine italienische Familie hatte beinahe das ganze Dorf eingeladen. Ich drückte auf den Koffer, der überquoll – so viele Geschenke hatte ich das Jahr über bekommen.

Es klopfte an der Zimmertür. Nonna bot an, sie könnten mich mit dem Auto nach Deutschland fahren, dann bräuchte ich nicht alles zu schleppen. Von Lecce bis Castrop-Rauxel waren es genau 1994 km. Und die im klapprigen Corsa zurücklegen? Ich bedankte mich und strahlte sie an, damit sie nicht zu beleidigt war, lehnte aber ab.

Ein letztes Mal ging ich durch den Kuhstall. Zwanzig Kühe in Anbindehaltung – auf unserem Hof liefen die Kühe schon seit zwanzig Jahren im Boxenlaufstall frei umher. Vor Weihnachten hatten die Pflanzenschutzmittel noch auf der Tenne in Kanistern wild rumgestanden. Bei uns waren sie in einem abgetrennten, gefliesten Raum untergebracht, sodass nichts davon ins Grundwasser gelangen konnte. Überdies hatte ich ein Mittel entdeckt, das in Deutschland seit fünf Jahren verboten war.

„Wir sind ein Europa, aber arbeiten doch nicht unter den gleichen Regeln" – so hatte sich Opa geärgert, als ich ihm an Weihnachten erzählt hatte, wie in Italien die EU-Hygienevorschriften umgesetzt wurden. „Die Italiener sehen das nicht so eng", hatte ich die Leichtigkeit meiner neuen Landsleute verteidigt. „Sie sagen immer, sie erzeugen gute Lebensmittel. Wir Deutschen machen uns bloß verrückt. Bis irgendwelche Keime etwa aus dem Käse ausbrechen, ist alles schon drei Mal verdaut." Ich verwünschte die deutsche Starrköpfigkeit, als mein Opa von

Nachhaltigkeit sprach, wir uns darüber stritten und drei Tage nicht miteinander redeten, bis zu meiner Abreise. Das wäre in Italien in zwanzig Minuten, in zwanzig lauten und gestikulationsstarken Minuten, abgeschlossen gewesen.

Dass ich ausgerechnet jetzt an diese Situation denken musste! Als ich auf die Tenne trat, sah ich die Kanister mit den Pflanzenschutzmitteln nicht mehr. Plötzlich stand Francesco hinter mir und sagte mit einem gleichgültigen Schulterzucken, er habe heute die Mittel allesamt in einen verschließbaren Raum gestellt. Es sei einfach praktischer, wenn die Kanister ordentlich in Reih und Glied stehen würden, dann komme man schneller an das richtige Mittel ran. Und wenn die Kinder auf dem Hof herumsprängen, sei es sicherer. Sein Blick sagte, ich solle mir bloß nichts auf diese Veränderung einbilden.

Wir hatten alle etwas von unserer Andersartigkeit gelernt.
Als ich zwei Wochen später spontan einen Flug buchte, um zur geplanten Abschiedsfeier zu kommen – meine italienische Familie hatte sie inzwischen in ein Frühlingsfest umbenannt –, räumte Francesco tatsächlich ein: „Ach, die Deutschen sind vielleicht doch nicht immer so kalt." Mit dem spontanen Flug hatte er nicht gerechnet.

Der Held

Von ganz unten schaue ich zu meinem Vater hoch. Ich bin noch ein Kind, da ist das mit der Perspektive immer so. Ich bin mir sicher, dass mein Vater größer ist als alle anderen. Ich habe all die Comics gelesen von Batman, Superman und Asterix. Sie alle haben unglaubliche Superkräfte. Mein Papa ist auch ohne Zaubertrank sehr stark und mächtig. Geschäftsmännisch verhandelt er über die Futtermittelpreise für unsere Pferde, macht dabei hackende Bewegungen mit der Handkante im Rhythmus seiner Worte. Er setzt ein ganz ernstes Gesicht auf und seine Brust sieht aus wie bei unserem Gockel Peter, ganz rund und geschwellt. Das sind seine Waffen, seine Zaubermittel. Er bekommt den Vertrag immer so, wie er ihn haben will.

„Habe ich dir doch gesagt, Junge. Wir haben das im Griff!", sagt er dann.

Mein Vater braucht weder einen Umhang noch Raketen mit Überschallgeschwindigkeit. Stolz laufe ich neben ihm. Dieses Jahr darf ich noch seine Hand halten, so viel ich sie brauche. Denn ich bin erst sechs Jahre alt. Aber wenn ich nach dem Sommer in die Schule komme, ist das vorbei, hat er gesagt. Wie sähe das denn aus.

Wenn ich größer bin, soll ich auch mit auf die Jagd gehen. Papa hat mir erklärt, wie sinnvoll das ist. Das ökumenische – oder ökologische, ich weiß es nicht mehr genau – auf jeden Fall das Gleichgewicht im

Wald wird dann wieder hergestellt. Sonst gibt es zu viele Kaninchen, Hasen oder Rehe, und die fressen dann die jungen Bäume ab oder im schlimmsten Fall unsere Pflanzen auf den Feldern. Das sehe ich alles ein. Aber trotzdem finde ich mich noch zu jung.

Wenn ich groß bin, soll ich unser Gestüt übernehmen. Wenn Papa sagt, ich müsse dann auch jagen, halte ich mir innerlich die Ohren zu. Das geht wie Luft anhalten, nur mit den Ohren. Papa sagt immer, wenn ich etwas erreichen will, muss ich viel arbeiten und lernen. Ich bin ganz fleißig und lerne schon jetzt jeden Tag für die Schule, die nach dem Sommer beginnt. Aber die Pferde striegele ich auch und miste aus, denn ich darf den „Bezug zur Praxis" nicht verlieren, sagt er. Ich höre diese Sätze jeden Tag und kann sie besser auswendig aufsagen als das Weihnachtsgedicht, das ich mit Mama so lange für die Kirchenaufführung geübt habe. Es ist, als wäre kein Platz für Gedichte in meinem Kopf, weil Papa schon so viel hineingeschrieben hat. Aber jetzt bin ich ganz froh, dass er sich so oft wiederholt hat und ich mir seine Sätze so gut merken konnte.

Kurz vor meiner Einschulung ist Papa vom Pferd gefallen und jetzt bei Opa im Himmel. Ich schaue jeden Tag nach oben und denke an ihn. Ich bete zu Gott, dass er seine Hand schützend über ihn hält, so wie Pastor Gabriel es versprochen hat, und dass es schön ist im Himmel.

Ich habe seine Stimme noch im Ohr, das ich jetzt nicht mehr innerlich verschließe. Auch wenn man so etwas nicht denken darf, bin ich froh, um die Jagd herumgekommen zu sein. Wir haben jetzt einen Verwalter, der kann auch jagen. Aber all die anderen Sätze schwirren mir mehr als je zuvor im Kopf herum. „Du musst fleißig sein und viel lernen. Nur wer tut, was er kann, ist wert, dass er lebt ..."

Mein Papa soll stolz auf mich sein, wenn er von oben herunterschaut. Deswegen arbeite und lerne ich viel. Ich kann schon das ganze Alphabet, während die anderen Schüler erst beim B sind. Nächste Woche übe ich lesen.

Der Blickwinkel hat sich nie mehr geändert. Ich schaue nach oben, wo Papa über all den anderen Helden steht. Aber eines ist schön: Meine Hand hat er nie losgelassen, weil ich noch zu jung war, als er starb.

Wenn die kleinste Welt die größte ist
Eine Weihnachtsgeschichte

Frische Fußspuren waren auf dem vom Regen aufgeweichten Boden des Hofes zu sehen. Sie führten direkt zum Kuhstall. Das große grüne Holztor zur Tenne stand offen, mitten im Dezember. Der eisige Ostwind zog der Kuh kalt ums Maul, die ihrem neugeborenen Kälbchen das noch nasse Fell ableckte. Das Kalb war wie seine Mutter ganz schwarz und hatte nur helle Füße, als hätte es weiße Socken an. Plötzlich schlich sich in der Dunkelheit ein Mann in einem bis zum Hals hochgeschlossenen Parka heran. Die Kuh hörte es, schwenkte ihren Kopf in die Richtung des Fremden und stellte sich mit behäbigen Schritten, von der Geburt geschwächt, schützend vor ihr Kalb. Der Mann stieg über das Fressgitter und ging auf die Kuh zu, die ihren Kopf jetzt in Angriffshaltung senkte, wie bei einem Stierkampf. Die dunkle Männergestalt zog etwas aus der Parkatasche und rannte auf die Kuh zu. Sie stürmte jetzt auch los, mit dem Kopf voran. Er stach ihr eine Spritze in den Hals. Noch bevor sie ihn in der Ecke erdrücken konnte, wirkte das Mittel, und der Kuh sackten die Beine weg. Ihr Muhen klang qualvoll. Jetzt ging der Mann zum Kalb und hielt eine Eisenstange in die Höhe. Er schlug direkt auf eine weiße Socke. Das Kalb muhte vor Schmerzen.

Als Hannah am Morgen aufwachte, schaute sie als erstes auf ihren mit Schokolade gefüllten Adventskalender, der über ihrem Bett hing. Noch acht Türchen waren zu öffnen. Sie lief in ihrem warmen Flanell-Schlafanzug ans Fenster, nur um zu sehen, ob es endlich schneite. Aber da war wieder nur ein regengrauer Himmel. Wenigstens die Lichterketten in den hohen Tannenbäumen an der Hofeinfahrt erinnerten daran, dass bald Weihnachten war. Wenn es doch endlich schneien würde! Dann würde Vater den Schlitten hinter den Trecker spannen und sie einige Runden um den Hof ziehen.

Als Hannah die Schlafzimmertür öffnete, strömte ihr der Duft frischgebackener Plätzchen entgegen. Sie meinte den Weihnachtsduft aus Zimt und Nelken förmlich sehen zu können. Er schlich ihr einmal um die Nase herum, drehte sich dann um, nur um sie in die Küche zu locken. Sie folgte ihm.
„Oma, du hast ja schon angefangen!", rief Hannah.
Oma Gerti trug wie immer ihre Schürze mit blau-weiß-rot kariertem Westfalen-Muster. Hannah konnte kaum über die Anrichte gucken, auf der Oma einen Teig knetete. Überall war Mehl verstreut, und an Omas Händen klebten Teigreste. Mit dem Handrücken strich Oma Gerti sich über die Stirn und beugte sich zu ihr herunter.
„Ich habe Honigkuchen gebacken, damit wir gleich ein Hexenhaus bauen können. Ist das denn wohl in Ordnung?", fragte sie.
Hannahs protestierende Miene verwandelte sich sofort in ein erwartungsvolles Lächeln.
„Und wo sind die Spekulatius-Bretter?", fragte sie.
Denn es war immer ihre Aufgabe, die Spekulatius-Formen, die das ganze Jahr über an der Küchenwand hingen, einzufetten.
„Guck mal auf den Küchentisch. Da liegt alles für dich bereit."

Hannah ging zum Tisch. Mit einem Pinsel strich sie Fett in jede Ecke der Holzfiguren, der Bauersfrau, der Windmühle, des Pferdes und der Sternschnuppe. Im Hintergrund ließ Oma immer den Fernseher mit leisem Ton laufen. Der kleine Lord brachte seinem motzigen Großvater gerade das Dosenkicken bei.

„Wann ist endlich Weihnachten?", fragte Hannah und krempelte ungeduldig die Ärmel des Schlafanzugoberteils hoch.

Oma rückte ein bisschen näher zu ihr heran, als wolle sie ihr ein Geheimnis ins Ohr flüstern. „Weihnachten ist, wenn die kleinste Welt die größte ist, hat mal ein Schriftsteller gesagt. Und der muss es wissen!", flüsterte sie, zwinkerte ihr zu und lächelte verschmitzt.

Damit konnte Hannah gar nichts anfangen.

„Das wirst du schon noch verstehen. Gib dir ein bisschen Mühe", provozierte Oma sie.

Als Oma sich wieder zum Backofen umgedreht hatte, um nach den Spekulatius zu gucken, streckte Hannah bockig die Zunge heraus ins Nichts. Sie hatte keine Lust mehr zu warten.

Plötzlich kam ihr Bruder Benedikt in die Küche gestürmt.

„Wo ist Papa? Die schwarze Kuh liegt am Boden, als wäre sie tot, und das Kalb hält die Füße ganz komisch", sagte er völlig außer Atem.

„Das Kalb von Reni?", erschrak Hannah.

Benedikt nickte.

„Ich ruf den Tierarzt an", sagte Oma und ging schnell zum Telefon. Gleichzeitig schrie sie durchs ganze Haus nach Papa: „Josef, komm!"

Reni war die beste Kuh, die sie im Stall hatten. Sie gab die meiste Milch und hatte Preise bei einigen Zuchtwettbewerben gewonnen. Papa würde außer

sich sein. Dieser Kuh durfte nichts passieren. Und das Kalb stammte von einem teuren Bullen ab. Papa hatte Hannah ein Bild in einem Bullen-Katalog gezeigt. Demnach müsste das Kalb eine noch bessere Kuh werden als seine Mutter, hatte Papa gesagt.
Oma kam zurück und sagte Benedikt, dass der Tierarzt gleich eintreffen würde. Der Vater kam aus dem Keller hochgerannt, wo das Betriebsbüro eingerichtet war. Hannah lief schnell in ihr Zimmer und zog sich an. Das wollte sie auch sehen.

Am Nachmittag hatte das Kalb ein Gipsbein. Der Tierarzt hatte der Kuh Medizin gegeben, damit sie wieder zu Kräften käme. Irgendjemand musste ihr Betäubungsmittel verabreicht haben, hatte er vermutet, aber konnte sich keinen Reim darauf machen. Er verstaute seine Untersuchungsinstrumente wieder in seinem großen Kofferraum. Hannah staunte immer über die vielen Schubladen mit Medizin. Sie erblickte auch ein Ultraschallgerät, mit dem sie schon einmal Zwillinge in einer Kuh gesehen hatte. Ihr Vater Josef bekam die Anweisung, der Kuh in den nächsten Tagen Vitamine aus einer kleinen braunen Flasche zu geben. Kaum war der Tierarzt wieder weg, wollte Opa mal nach den „Patienten" schauen, wie er sagte. Er kam mit einem Eimer voller Kraftfutter. Die Kuh hörte das körnige Futter im Eimer rascheln und wandte den Kopf Richtung Opa, der aus Bequemlichkeit wie immer übers Fressgitter stieg, anstatt das Tor aufzumachen. Plötzlich hielt die Kuh ihren Kopf in Angriffshaltung nach unten und stürmte auf Opa los. Der schien sich vor Schreck nicht mehr bewegen zu können.
„Vater, raus da! Los!", schrie Papa und schnappte sich eine Mistgabel. Hannah hielt sich die Hände vor den Mund. Ihr Vater konnte die Kuh nicht rechtzeitig mit

der Gabel verscheuchen. Schon hatte sie Opa mit dem Kopf in die Ecke des Stalles gedrängt und presste ihren dicken Schädel gegen seine Brust. Opa schrie nicht. Nur die weit aufgerissenen Augen zeigten seine Angst. Da piekste Papa der Kuh in das Hinterteil, die jetzt wie wild geworden ihren wuchtigen Körper zu ihm wandte. Opa sackte zusammen.
„Zieht ihn raus, los!", rief er Hannah und Benedikt zu, die den Opa unter dem hohen Fressgitter, jeder an einem Arm, wegzogen. Vater sprang über ein anderes Tor, um sich in Sicherheit zu bringen, und hatte schon sein Handy in der Hand, um den Krankenwagen zu rufen.

Am nächsten Tag gab es auf dem Kirchhof nur ein Thema nach der Messe. „Hast du schon das vom alten Jupp gehört? Dein Nachbar liegt im Krankenhaus. Ich weiß, ihr seid schon seit Jahrhunderten verfeindet, aber es steht gar nicht gut um ihn. Die beste Kuh vom Hof hat ihn fast zerquetscht", erzählte Annemarie, die gute Seele des Dorfes, aufgeregt ihrem ehemaligen Mitschüler Willi. Der klappte den Kragen seines Parkas hoch, um den Wind abzuwenden. Willi fragte genauer nach und wurde mit jedem Wort von Annemarie bleicher im Gesicht. Jupp liege auf der Intensivstation und werde in diesen Stunden operiert.

Sechs Tage vor Weihnachten ging Hannah ins Wohnzimmer, wo schon der selbstgeschlagene Weihnachtsbaum stand. Aber bunt eingepackte Geschenke lagen noch nicht darunter. Sie setzte sich an die Krippe. Der Esel trug wie jedes Jahr an seinem Lederriemen einen Korb.
„Wenn du einen Wunsch oder Sorgen hast, kannst du sie aufschreiben und den Zettel in den Korb legen.

Der Esel bringt sie dann zum Christkind", hatte ihre Mutter ihr einmal erklärt.
Das Jesuskind würde ihr helfen. Sie holte einen kleinen Zettel aus der Tasche.
„Ich wünsche mir, dass Opa und das Kalb ganz schnell wieder gesund werden und Gott für beide gut sorgt", hatte sie mit ihrem roten Füller geschrieben. Sie steckte den Zettel in den Korb und stellte den Esel direkt neben das Jesuskind.

Als die Familie Opa einen Tag vor Weihnachten im Krankenhaus besuchte, hatte er die Bettdecke bis zum Hals hochgezogen, und darunter schauten Schläuche hervor. Mit einem regelmäßigen Piepton signalisierten die Geräte, dass Opa lebte. Hannah lief an sein Bett und legte ihren Kopf auf seine Brust.
„Vorsichtig!", ermahnte ihre Mutter sie.
Da öffnete Opa die Augen, und als er sie alle erkannte, formten sich seine Lippen zu einem Lächeln. Ein Arzt kam herein und erklärte, dass Opa ein „harter Brocken" und „nicht kaputtzukriegen" sei. In ein paar Wochen sei er wieder auf dem Damm.
„Krieg ich jetzt ein Taschenmesser?", fragte Opa Oma mit kaum hörbarer Stimme und schmunzelte. Die lächelte, und als alle sie fragend anschauten, erzählte sie Opas Geschichte.
„Als Kind ist er durch ein morsches Brett auf dem Heuboden gekracht und auf den harten Steinboden der Tenne gefallen. Er hatte starke Kopfschmerzen, und sie vermuteten, dass seine Schädeldecke gebrochen sei. Es war Krieg und es gab keine Medikamente.
 Da fuhr sein Vater ins Dorf und kaufte ihm ein Taschenmesser. Das war die beste Medizin, und euer Opa ertrug zwei Jahre lang die Kopfschmerzen, ohne auch nur einmal zu murren."

Da griff Benedikt in seine Tasche und zog sein Klappmesser hervor, das Opa ihm zum Geburtstag geschenkt hatte. Er reichte es ihm.
„Ich glaube, das mit dem Heuboden war viel schlimmer als das Kuscheln mit der Kuh", schmunzelte Opa. Oma hatte feuchte Augen. Bestimmt vor Sorge, dachte Hannah. Hannah wusste, dass Opa wieder gesund werden würde. Der Esel musste schon längst beim Jesuskind angekommen sein.

Am Morgen des Heiligen Abends regnete es immer noch. Hannah hatte die Hoffnung schon aufgegeben, den Schlitten noch in diesem Jahr hinter den Trecker spannen zu können. Als sie gerade das Kalb mit den Gipsbeinen tränkte, stand plötzlich ihr Nachbar Willi vor dem Gatter des Kälberstalls. Hannah wich zurück. Bei ihm musste sie aufpassen. Schließlich waren ihre Familien seit Jahrhunderten Feinde. Er mochte Opa nicht, und dessen Vater mochte seinen Vater nicht, und so schien die Feindschaft seit jeher Gesetz zu sein. Hannah wusste, dass er immer wieder versuchen würde, Informationen aus ihr herauszubekommen, weil sie ein Kind war.
„Wie geht es deinem Opa?", fragte er, ohne zu grüßen. Willi sieht schlecht aus, dachte Hannah. Die Haut war ganz grau, fast so wie der Regenhimmel. Sie zuckte mit den Schultern und schaute sich nach ihrem Vater um. Sie hörte, wie er die Melkmaschine in der nur wenige Meter entfernten Milchkammer in diesem Moment ausstellte.
„Willi, was machst du denn hier?", fragte ihr Vater und griff Willi fest an der Schulter. Der blickte betreten zu Boden und behielt die Hände fest in den Taschen.
„Ich möchte unsere Unstimmigkeiten begraben. Also,

von nun an soll kein Streit mehr zwischen unseren Familien herrschen", stammelte Willi. „Dass der Jupp im Krankenhaus auf der Intensivstation liegt, das habe ich nie gewollt."

„Da kannst du ja nichts zu", sagte Josef, und als Willi nicht reagierte, fragte er: „Oder?"

Willi trat von einem Bein aufs andere, heftete seinen Blick fest auf den Boden und blickte nur kurz auf, als er sagte: „Er wird doch wieder, oder?"

„Klar, das hätte auch anders ausgehen können. Aber er ist hart im Nehmen. Bauer durch und durch", erklärte Josef. „Und wenn dich dieser Vorfall dazu bewegt, endlich Frieden zu schließen, umso besser. Liegt das an Weihnachten?", fragte Hannahs Vater noch, aber Willi schleppte sich davon und schien nichts mehr zu hören. Seine Schultern hingen herunter, als trüge er eine zentnerschwere Last.

An Heiligabend ging die ganze Familie in den Gottesdienst. Nur Opa fehlte. Zwei riesige Weihnachtsbäume säumten den Altar. Hannah rutschte aufgeregt auf der Holzbank hin und her. Sie konnte es kaum abwarten, nach Hause zu kommen und ihre Geschenke auszupacken. Sie schaute ständig auf ihre Micky-Maus-Uhr. Zum Vaterunser rief der Pastor alle dazu auf, sich an den Händen zu fassen. Die Menschen, die am Anfang einer Bank saßen, schoben sich ganz langsam in den Mittelgang. Die Leute am Ende einer Bank reichten ihre Hand dem Vordermann und der Hintermann legte seine Hand auf die Schulter des anderen. Dann beteten sie. Hannah hielt die Hand ihrer Mutter auf der einen Seite und die einer fremden Frau auf der anderen Seite. Sie vermisste Opas Hand. Wie kann ein Mensch allein so sehr fehlen, obwohl es doch so viele Menschen auf der Welt gibt, fragte Hannah sich. Als das Lied „Wo Menschen sich vergessen" gespielt wurde, hielten sich immer noch alle an den Händen. Hannah sah, wie Oma eine Träne die Wange herunterlief.

Kaum waren sie zu Hause, rannte Hannah auf die Wohnzimmertür zu. Die Geschenke mussten schon unter dem Weihnachtsbaum liegen. Hannah sah das Kaminfeuer durch die vier Milchglasscheiben der Wohnzimmertür flackern. Sie konnte auch die bunten Pakete erkennen. Würde sie das große Puppenhaus bekommen? Hannah fasste die Türklinke.
„Hannah! Zuerst gibt es Essen!", sagte ihre Mutter in strengem Tonfall.
Hannah und Benedikt schlangen Würstchen und Kartoffelsalat so schnell es ging hinunter, in der Hoffnung, schneller zu den Geschenken zu kommen.
„Das schnelle Essen bringt euch gar nichts. Es wird gewartet, bis alle fertig sind", bestimmte Mama.
Dann war es endlich so weit: Oma hatte Gabel und Messer als letzte auf den Teller gelegt und alles heruntergeschluckt. Da stand Hannah auf und stürmte zum Wohnzimmer.
„Jetzt dürfen wir die Geschenke auspacken!", rief sie.
Das Kaminfeuer brannte, tauchte alles in ein weiches Licht und erfüllte das ganze Wohnzimmer mit einer angenehmen Wärme. Papa packte ein Buch aus, setzte sich mit einem Glühwein vor den Kamin und blätterte darin.
„Das ist ja höchst interessant!", sagte er und naschte einen Spekulatius nach dem anderen.
Hannah wusste, dass er das Buch das ganze Jahr über nicht mehr in die Hände nehmen und gleich verlauten lassen würde, dass er zu viele Süßigkeiten gegessen habe. Das war jedes Jahr so und quasi eine Tradition.

Genau wie das Ritual, dass er später Weihnachtslieder am Klavier spielen und Mama sich beschweren würde, es sei zu laut und das Klavier sei nicht gestimmt. Hannah schmunzelte darüber.
Sie hielt das größte Paket von allen in den Händen. Ihr Name stand darauf. Jetzt riss sie das Papier ab und sah das Puppenhaus. Sie staunte, wie schön es war. Sie hatte es im Kinderspielzeug-Katalog einige Male angeschaut, aber in Wirklichkeit war es noch viel schöner. Benedikt bekam einen ferngesteuerten Hubschrauber und sauste damit schon durch das Wohnzimmer. Oma schien sich über die neue blau-weiß-rot karierte Schürze zu freuen. Und Mama hielt eine goldene Kette in der Hand.
„Die ist aber schön. Du hast mir schon so lange keinen Schmuck mehr geschenkt", sagte sie zu Papa, als könne sie es nicht glauben.
„Ja, ne, die ist hübsch. Ich habe zu viele Plätzchen gegessen", sagte Papa und ging zum Klavier. Hannah grinste. Aber das Klavier klang ganz anders als sonst, hell und klar. Alle Köpfe drehten sich verwundert zum Klavier.
„Ich habe es stimmen lassen", sagte Mama zu Papa. „Das ist mein Geschenk an dich."
Dieses Weihnachten war wirklich anders. Opa fehlte, sie waren noch nicht Schlitten gefahren, sie hatten ein Kalb mit Gipsbein, aber Willi war kein Feind mehr und das Klavier klang warm. Plötzlich kam in Hannah Hoffnung auf, dass doch noch alles gut werden würde. Sie ging ans Fenster und sah endlich kleine weiße Flocken vom Himmel fallen. So war das also, wenn die kleinste Welt die größte ist.

Traumhaft

Beste aller Welten

Ich bin sieben Jahre alt und wohne mit meiner Freundin Sophia in der besten aller Welten. Wir haben mit ihrem Bruder zusammen eine Bude aus Holzlatten gebaut. Unsere Hütte ist ganz bunt. Außen haben wir Sonne, Mond und Sterne aufgemalt und sogar Gardinen und eine Vase voller Pusteblumen auf der Fensterbank. Wir haben einen Ofen gebaut, auf dem wir Spiegeleier gebraten haben. Wenn Sophias Eltern das wüssten, hätten sie uns vermutlich nicht so sorglos dort spielen lassen. Heimlich haben wir den Hennen die Eier aus dem Nest geklaut. Dann haben wir Vater-Mutter-Kind gespielt. Und obwohl ich die Älteste bin, will ich immer das Kind sein.

Zu Hause bin ich nämlich immer nur die Mutter. Wenn ich aus der Schule komme, koche ich das Essen. Ich stehe auf einem Hocker, damit ich an den Herd komme. Meine Oma hat es mir gezeigt. Ich kann alles: Kartoffeln mit Schnitzel und Spinat, Pfannen-kuchen mit Apfelkompott oder Nudeln mit Fleisch-soße. Manchmal vertausche ich die Beilagen, und es gibt Pfannenkuchen mit Spinat oder Nudeln mit Apfelkompott. Darüber hat sich noch keiner gefreut, aber beschwert auch nicht. Meine Oma ist gestorben, deswegen konnte sie mir nicht mehr zeigen.

Mein Vater hat ein eigenes Sägewerk und hat bei einem Unfall ein Bein verloren. Deswegen läuft er jetzt auf Holz. Aber er sagt, es ist besser, als einen Holzkopf zu haben. Meine Mutter ist in die Stadt geflüchtet, weil Papa so gerne trinkt. Ich bekomme das nicht mit. Er trinkt erst, wenn wir Kinder schon schlafen. Das hat er mir versprochen und Papa bricht nie sein Wort.

Meine Mutter leider auch nicht. Sie hat gesagt, sie kommt nie mehr zurück. Daran hat sie sich gehalten – seit 724 Tagen, das sind fast zwei Jahre. Ich male jeden Tag einen Strich neben die Wickelkommode meines Bruders, wo schon fast kein Platz mehr ist. Er muss auch immer seltener gewickelt werden. Vielleicht vergesse ich eines Tages, einen Strich zu ziehen.

Sophia hat mir angeboten, dass sie meine Mutter werden kann. Ich habe lange überlegt, aber doch Nein gesagt. Schließlich wäre meine Mutter doch beleidigt, wenn sie zurückkommen und all die Striche an der Wand sehen würde, und ich dann auch noch eine neue Mutter hätte.

In unserer Bude haben wir an den Innenwänden unsere liebsten Märchenfiguren gemalt. Sophias Bruder hat Siegfried gezeichnet, der einen Drachen tötet. Sophia hat ein weißes Pferd gemalt mit Horn und Flügeln. Ich habe eine Prinzessin und eine Königin gezeichnet. Und der König hat ein Holzbein, aber das sieht man unter der Hose nicht. Heute hat Sophia die Spiegeleier nur für mich gebraten, ich bin ihr liebstes Kind. Dazu bekomme ich einen Kuchen aus Sand. In der besten aller Welten hat jeder einen schönen Platz.

Der blaue Vogel

Jeder hatte mich schon einmal in seinem Blick. Denn ich bin der blaue Vogel, der die Träume der Menschen trägt. Wenn die Menschen gedankenverloren vor sich hin lächeln, bei Regen versonnen in die Ferne schauen, vorbei an den abperlenden Tropfen am Fenster, oder wenn sie auf das Meer starren und jede Welle mit ihren Gedanken nachzeichnen, wenn sie verträumt ins Feuer schauen und ganz still werden, dann fliege ich hoch, und die Thermik ist gut für mich. Ich fliege hoch hinaus in die Wolken und gebe die Traum-Wunschzettel dort ab.
Die Träume sind ganz unterschiedlich. Ich bewerte sie nicht, und doch wundere ich mich. Der eine träumt bloß von einer Flasche Bier, weil er nicht darf. Mancher träumt von einem schnellen Porsche, einer Villa oder einer Diamantenkette. Andere wünschen sich ein Land, wo es genug zu essen gibt. Manche träumen davon, leicht wie eine Ballerina zu tanzen und sich grazil bewegen zu können. Oder mit einem gelben Sonnenschirm auf einem Dachfirst zu balancieren. Eine Frau will einmal auf der Bühne stehen und vor 40 000 Menschen in einem glitzernden Kleid singen. Ein kleines Mädchen wünscht sich ein Pferd, mit dem es im Galopp in die Wolken zu seiner Mutter reiten kann. Ein kleiner Junge will wie Batman fliegen können und mit Superman-Kräften seinen kleinen Bruder gesund machen.
Ich höre all diese Träume und trage sie hoch hinauf. So lange die Menschen träumen, kann ich fliegen.

Besser als Gold

Lotte rannte um ihr Leben. Laut hörte sie ihren Atem. Es klang wie das Hecheln eines Wolfes, der gejagt wird. Sie spürte, wie der riesige Berg hinter ihr her stampfte. Mit donnernden Schritten brachte er die Erde zum Beben. Je näher er kam, desto heftiger erzitterte der Boden. Durch die Wildblumenwiese zogen sich Risse. Mit jedem Stampfen wurde Lotte hochgeworfen. Sie hatte Angst. Es fühlte sich an, als würden tausend schwarze Spinnen über ihren Rücken krabbeln. Plötzlich riss die Erde vor ihr auseinander und bildete eine tiefe Schlucht. Der Spalt war zu breit, um ihn zu überwinden. Sie nahm ihre letzte Kraft zusammen und sprang. Unter sich sah sie den Abgrund, der in einem schwarzen Nichts endete. Auf einmal brach der Berg die Verfolgung ab und hielt inne. Er trat nur noch einmal kräftig auf den Boden, sodass die Erde erzitterte, wie unter einem Donnerschlag. Starke Echowellen zerschmetterten die Luft. Lotte spürte den Schalldruck wie einen Stoß in den Rücken. Ihr Kopf wurde in den Nacken geschleudert, und mit einem Ruck lag sie am anderen Ende der Schlucht auf einer Wiese. In ihrem Kopf hämmerte es. Ein rotleuchtender Klatschmohn bedeutete ihr, schnell aufzustehen, und zeigte auf etwas hinter ihr. Aber sie konnte den Kopf nicht drehen. Auch die Beine gehorchten ihr nicht. Der Klatschmohn wollte ihr aufhelfen und zog mit seinen Blättern an ihrer Schulter.
Plötzlich bebte die Erde noch heftiger. Der Berg kam mit mächtigen Schritten näher. Lotte sah, dass dem

Klatschmohn mit jedem Beben eine seiner Wurzeln ausgerissen wurde. Bald würde er keinen Halt mehr finden. Lotte versuchte, sich auf ihre Arme zu stützen, aber sie waren wie gelähmt. Neben ihr krochen Würmer und Tausendfüßler aus dem Boden und krabbelten in Windeseile Richtung Meer, weg von dem Berg, der immer näher kam.
„Los, auf zur Papierinsel! Kommt mit!", riefen sie. Die Papierinsel würde für alle guten Wesen eine Brücke aus Papier aufs Festland auslegen. Gegen das Böse jedoch wandte sich die Insel mit ihren ureigenen Waffen: Sie würde es so lange mit Papier einwickeln, bis es mit all seinen Dämonen ersticken würde, erklärte ein Tausendfüßler.
Lotte hörte die Schritte des Berges jetzt sehr laut. Er musste kurz vor dem Abgrund stehen, der sie voneinander trennte. Da brüllte der Berg laut und wuchtige Brocken fielen herab. Einer knallte direkt neben Lottes Hand. Im nächsten Moment prallte ein weiterer Fels mit einem dumpfen Krawumm neben den kleinen Klatschmohn, der seine hauchdünnen roten Blätter zusammenzog.

Angstschweiß strömte Lotte übers Gesicht und sammelte sich vor ihr in einer kleinen Pfütze. Entweder werde ich gleich unter einem scharfkantigen Felsen begraben oder ich ertrinke in meinem eigenen See aus Angst, dachte sie. Sie konnte auch versuchen, ihn auszutrinken. Lotte hielt die Zunge kurz in den See. Er war furchtbar salzig. Das war keine Lösung.
„Du bist doch ein Mensch, oder?", fragte der Klatschmohn.
Lotte nickte.
„Bist du nicht das Mädchen, das auf dem Weg der Wünsche zieht und von dem alle reden?"

„Tun sie das?" Für einen Moment fühlte Lotte sich geschmeichelt.
„Dann wünsch dir endlich was!", quietschte der Klatschmohn, der nur noch an einem Wurzelfädchen hing. „Was du dir nicht wünschst, bleibt unerreichbar! Wenn ich richtig informiert bin, muss man von einem Wunsch zum nächsten gehen, um den richtigen Weg zu finden."
Lotte nickte. Der Klatschmohn hatte recht. So hatte es ihr die gute Fee auch erklärt. Aber was sollte sie sich wünschen? Der See aus Angst reichte ihr schon bis ans Kinn.
Da bäumte sich der Berg wie ein Bär auf, schlug sich auf die felsige Brust und brüllte noch lauter. Es regnete Felsbrocken, die rund um Lotte und den Klatschmohn auf den Boden prallten.
„Jetzt! Los!", schrie der Klatschmohn verzweifelt und duckte sich. Der See aus Angst reichte Lotte bis zur Unterlippe.
„Ich wünsche den Klatschmohn und mich auf die Papierinsel", rief sie und sah noch, wie ein Brocken direkt auf den Mohn heruntersauste.

Lotte öffnete die Augen und tastete um sich. Sie lag auf einem Bett aus Papier, das sich seidig anfühlte. Sie schaute sich in dem weißen Raum um und suchte nach dem roten Klatschmohn. Sie war erleichtert, als sie ihn auf einem Bett erblickte. Er schlief noch, und um den verbliebenen Wurzelstrang war ein Plastikbeutel mit Wasser gebunden.
Da kam ein Buchstabe an Lottes Bett. Es war ein L, das freundlich nach ihrem Wohlbefinden fragte. Das L sagte, dass es für Lotte zuständig sei und reichte ihr eine Tasse mit einer Buchstabensuppe.
„Diese Suppe wird dich heilen und dafür sorgen,

dass die Lähmung deiner Glieder schon bald nachlassen wird", erklärte das L.
Lotte versuchte in der Suppe zu lesen, worin ein M, T, U ein L, B, E, I, E und ein Z, V, R, U, E, I, S, H, C, T schwammen.
„Gleich wird das große A kommen und mit dir deine Lage besprechen", verabschiedete sich das L wieder.
Lotte schaute zum Klatschmohn herüber, der gequält lächelte. Er hatte auch eine Suppe, aber bloß mit den Buchstaben K, A, F, R, T, bekommen.

Als das A eintrat, staunte Lotte, wie groß es war. Klar, es war der erste Buchstabe im Alphabet und offenbar so etwas wie die Königin der Papierinsel. Es trug einen lustigen Hut, wie Kinder ihn basteln, wenn sie Maler spielen.
„Ich habe dir etwas mitgebracht, das dir helfen wird, Lotte", sagte das A und hielt ihr ein weißes Blatt Papier hin. „Damit kannst du deine Reise auf dem Weg der Wünsche noch einmal neu beginnen."
Das A erzählte, es habe der guten Fee einen Papierflieger mit der Botschaft gesendet, dass Lotte auf der Papierinsel sei und sich nicht bewegen könne. Nach Anleitung der Fee hätten sie eine passende Suppe mit Heilkraft gekocht. Zur Belohnung für die gute Pflege der Irregeleiteten hätte die Fee der Papierinsel neue kleine Buchstaben gezaubert. Sie waren kyrillisch. Jetzt seien beinahe alle Buchstaben der Weltsprachen auf der Papierinsel vereint.
„Du hast uns alle in Gefahr gebracht, Lotte." Durch das Einwickeln des Berges hätten sie viel Papier verloren, weil er so groß war. So schnell könne man gar nicht neues Papier schöpfen. „Du hast einen falschen Pfad auf dem Weg der Wünsche beschritten und dein Leben sowie das anderer aufs Spiel gesetzt", sagte

das A und schaute zum Klatschmohn. „Wie kamst du darauf, in das Land der scharfkantigen Felsen zu gehen?", fragte das A und klang wie eine strenge Mutter. Lotte schlug die Augen nieder.

„An der Wegkreuzung gab es einen kleinen Mann, der nur aus Moos bestand. Er sagte, oben auf dem Felsberg gebe es einen Thron, der durch einen neuen Herrscher bestiegen werden müsse. Er hat mir so sehr von den scharfkantigen Felsen vorgeschwärmt, die alles aus sich bauen könnten, was man sich wünscht, und die so stark seien. Da ließ ich mich von dem kleinen Mann herausfordern, bei einem kleinen Wettkampf mitzumachen: Wer zuerst oben auf dem Berg sei, würde zum Herrscher über das Königreich."

„Aber der Mann aus Moos kann die Felsen einfach bewachsen, und die scharfen Kanten schneiden ihn nicht." Das A wirkte auf einmal wie eine hundertjährige Frau, die schon alles erlebt hatte. Lotte schaute sofort wieder zu Boden.

„Was ist daran interessant, Herrscherin über Gestein zu sein? Steine sind kalt und leblos", stellte das A fest und strich Lotte liebevoll über die Wange. „Ich glaube nicht, dass es das ist, was du suchst."

„Ich wollte, dass auch mal einer auf mich hört. Die Felsen hätten alles für mich getan", gab sie kleinlaut zu.

„Werden deine Wünsche denn sonst nicht gehört?"
Lotte schüttelte den Kopf. Sie dachte an Zuhause, wo sie immer nur alles für andere tun musste, so schien es ihr jedenfalls. Auf ihren sieben Jahre jüngeren Bruder musste sie jeden Tag aufpassen und er schrie immer nur. Für ihre Mutter musste sie im Garten ständig das Unkraut herauszupfen. Die goldene Kette mit dem lilafarbenen Edelstein, die sie sich so sehr

zur Kommunion gewünscht hatte und die alle ihre Freundinnen bekommen würden, war zu teuer, und mit ihrem besten Freund Max mussten sie immer das spielen, was er wollte, meistens Fußball.
„Du bist ein gutes Mädchen. Du wirst dir bald das Richtige wünschen", sagte das A.

Nach ein paar Tagen war die Lähmung verschwunden, und Lotte sollte auf dem Weg der Wünsche weiterziehen, um endlich ihren Pfad zu finden.
„Ich bleibe noch ein wenig hier", sagte der rote Klatschmohn. Die Buchstaben würden ihn bald auf die Wildblumenwiesen bringen, wo er seine Wurzeln wieder in die Erde senken würde. Lotte entschuldigte sich, dass sie ihn in Gefahr gebracht hatte.
„Du hast ja noch rechtzeitig die Kurve bekommen", sagte der Klatschmohn und stupste sie mit seinen Blättern freundschaftlich in die Seite. „Ich möchte dir etwas schenken. Es soll dir auf deinem Weg helfen." Es war ein Stück Holz, das mit dem Myzel des Pilzes Hallimasch übersät war. Es fluoreszierte im Dunkeln und würde ihr den Weg leuchten. Lotte bedankte sich bei dem neu gewonnenen Freund und brach auf.

Der Weg der Wünsche führte einen Fluss entlang, der je nach Abzweigung seine Farbe veränderte. War ein Wunsch gut, sprudelte das Wasser klar. Dann konnte man bis auf den Grund schauen, und es stillte den Lebensdurst. Wer davon trank, gewann sogar neue Kraft. War ein Wunsch bösartiger Natur, so wurde das Wasser trüb, floss zunächst langsamer und mündete dann in einen Strudel, der alles in sich verschlang. Es war mit grünen Flecken belegt und sah giftig aus.

Lotte staunte über die vielen Möglichkeiten abzuzweigen. Da war ein Schokoladenhaus. Das Haus hatte keine Fenster, damit der ganze Duft der Schokolade darin bewahrt wurde und nicht der kleinste Hauch des Aromas entrinnen konnte, stand auf dem Wegweiser geschrieben. Lotte wollte nicht hineingehen. Sie wusste, dass sie nie wieder herauskommen würde.

Ein anderer Weg führte zu einem Kinohaus, in dem man in das Leben jedes Helden schlüpfen konnte. Es gab ein Bierhaus, in dem man alle Sorten der Welt probieren konnte. In dem Pferdehaus konnte man ein ganzes Leben lang Haflingern, Arabern und Friesenpferden die Mähnen striegeln, den Tieren auf den Hals klopfen und sie reiten. Im Haus der Familie bekam man eine Familie, mit der man gemeinsam essen konnte und wo einem die Eltern vor dem Schlafengehen Geschichten vorlasen und Mut zusprachen. Es gab ein Künstlerhaus, in dem man, sobald man es betrat, die Fähigkeit erhielt, die schönsten Bilder zu malen.

Im Haus der Beliebtheit stand man auf einer Bühne und wurde von Millionen Menschen bejubelt. In einem anderen Haus waren alle Landschaften der Erde und der Fantasie eingebaut, sodass man mit jedem Zimmer ein anderes Land, eine Wüste, einen Urwald, eine Höhle, einen Vulkan, eine antike Stadt oder ein Meer bereisen konnte. Im Managerhaus hatte man die Möglichkeit, über tausend Mitarbeiter zu führen und ihnen zu sagen, wo es langging. Aber nach den Erfahrungen mit dem Berg ging Lotte ganz schnell an dieser Abzweigung vorbei.

In einem anderen Haus konnte man teure Kleider anziehen, wertvolle Uhren tragen, Aktienkurse verfolgen, schnelle Autos fahren und in einer feinen Gesellschaft verkehren, die dies wertschätzte. Hier war das Wasser des Flusses schon trüb, aber richtig dunkel wurde es bei einem Folterhaus, wo man andere Wesen nach Lust und Laune quälen konnte. Kurzum, auf dem Weg der Wünsche gab es für jeden Geschmack das Richtige.

Lotte wusste nicht, wo sie anhalten sollte. Es waren einfach zu viele Möglichkeiten. Sie wünschte sich eine Karte, die ihr den richtigen Weg zeigte. Das war alles so verwirrend. Sie würde ewig brauchen, um herauszufinden, welche ihre Wünsche waren.

Da kam sie an einen Wegweiser, auf dem ein Bild von einem goldenen Schloss abgebildet war. Darauf stand: „Prinzessin gesucht!" Das hörte sich für Lotte danach an, als ob dort all ihre Wünsche an einem Ort erfüllt würden.
„Ich wünschte, ich wäre eine Prinzessin, würde auf einem wunderschönen Schloss wohnen, einen Prinzen heiraten, der unglaublich gut aussieht, mich die ganze Zeit anhimmelt, tut, was ich sage, und ich hätte mein eigenes Pferd. So, wie ich mir das vorstelle, gibt es das eigentlich nur im Märchen", dachte Lotte, wischte den Gedanken aber sogleich wieder weg und ging leichtfüßig hinunter ins Tal zu dem goldenen Schloss. Sie achtete gar nicht auf die Farbe des Wassers im Fluss.

„Da bist du ja, meine Schöne!", begrüßte sie der Prinz, der aussah wie eine dieser Götterstatuen aus der Antike. Er kam auf sie zu, hob sie hoch und wirbelte sie im Kreis umher. Lotte lachte vollkommen gelöst, und ihr rosafarbenes Kleid, das ihr offenbar beim Eintritt durch das Tor zum Schloss an den Leib gezaubert worden war, drehte sich mit.

„Wir sehen aus wie ein perfektes Paar im Film", rief Lotte und lächelte noch immer.

Der Prinz nickte und sagte, wie schön und anmutig sie sei. Noch nie habe er ein schöneres Mädchen gesehen.

„Vermutlich kennst du keine anderen", sagte Lotte mit einem Augenzwinkern. Sie wollte ihn necken, aber er nickte zustimmend. Außer seiner Mutter habe er noch nie eine Frau gesehen. Lotte fiel das Lächeln aus dem Gesicht. Aber natürlich, er war nur für sie, nach ihren Wünschen, geschaffen worden. Lotte musste sich nicht gegen Konkurrenz durchsetzen oder um den Prinzen werben. Er würde einfach immer nur sie vergöttern. Dieses Glück hat einen schalen Beigeschmack, dachte Lotte.

Der Prinz schaute sie mitfühlend an. „Lotte, Schatz, was ist denn los? Du guckst so betrübt. Soll ich dir zur Erheiterung die Füße massieren?" Noch während er das fragte, massierte er bereits vorsichtig ihre Schultern.

„Lass das", fuhr sie ihn an und löste sich aus der Umarmung. Bei zu viel Fürsorge flippte Lotte prinzipiell aus.

Er blickte fast schon unterwürfig, wie ein bettelnder Hund. „Aber Häschen, ich würde alles tun, damit du wieder lächelst. Soll ich dir eine heiße Schokolade machen?"

Sie wandte sich von ihm ab. Er scharwenzelte hinter ihr her, schaute ihr mal über die linke, mal über die rechte Schulter und suchte nach ihren Händen.

„Lottilein, es ist dein erster Tag im Schloss. Du musst dich erst eingewöhnen. Komm, wir gehen im Garten spazieren", schlug er vor. Er öffnete die große Bogentür und vor ihnen breitete sich eine herrliche Grünanlage aus.

„Das ist kein Garten, das ist ein Park", staunte Lotte. Ein Springbrunnen nach dem anderen war in einer Linie angeordnet. In Form geschnittene Buchsbaumhecken zierten einen Weg, und überall blühten Magnolien rosaweiß, rosa Hyazinthen und weiße Margeriten – obwohl es gar nicht ihre Zeit zum Blühen war.

„Ich liebe Rosa", seufzte Lotte. „Und wer zupft hier das Unkraut?"

„Wir haben einen Gärtner", erklärte der Prinz.

Lotte hielt für einen Moment die Luft an. Dann war wirklich jeder Wunsch wahr geworden, und sie musste nie wieder Unkraut zupfen. Nur einer war noch offen, daher sagte sie: „Ich möchte lieber reiten, anstatt spazieren zu gehen."

Der Prinz nickte und zeigte auf den Pferdestall, der wie eine Miniaturversion ihres Schlosses aussah. Lotte rannte auf den Stall zu. Da standen zwei Haflinger. Wunderschön war ihr weißes Haar auf dem beigen Fell. Doch Lotte konnte nicht reiten. Ihre Eltern hatten es ihr mit den Worten „zu gefährlich!" verboten. Daher war sie umso gespannter, ob sie diese Fähigkeit jetzt auch geschenkt bekommen hatte. Der Prinz sattelte die Pferde, während Lotte ihnen nur immer wieder verliebt den Hals klopfte. Jetzt erfüllte sich ihr Traum doch noch.

Sie saßen auf und ritten Händchen haltend im Schritt durch den Park. Als sie die Felder erreichten, auf denen gelber Raps blühte und zur gleichen Zeit goldener Weizen stand, dachte Lotte, dass sie nie wieder von hier fort wollte, so perfekt war alles.

Sie nahm die Zügel fest in die Hände und galoppierte los. Und ja, Lotte konnte reiten. Sie fühlte sich freier als je zuvor.

So ging das tagaus und tagein. Lotte vermisste niemanden. Denn alles, was sie sich je gewünscht hatte, war ihr gezaubert worden. Sie musste sich um nichts kümmern. Sie war wunderschön, und der Prinz verfolgte sie auf Schritt und Tritt. Wenn Lotte sagte, er solle mal fünfzig Meter hinter ihr laufen, weil er nerve, tat er auch das. Dass alles nicht echt war, schob Lotte gerne zur Seite. Wenn ihr Zweifel kamen, ob sie diese Welt überhaupt ernst nehmen konnte, zwang sie sich dazu, dieses Geschenk zu genießen. „Darum liebe ich Märchen. Da werden alle Träume wahr", sagte sie zu sich selbst.

Jeden Mittag bekam Lotte serviert, was sie sich ausgesucht hatte. Es gab Schokoladenkuchen, Himbeerpfannkuchen und Erdbeer-Tiramisu im Wechsel. Wenn der Schokokuchen nicht schokoladig genug war, zitierte Lotte die Köchin herbei und schimpfte mit ihr.
„Ist das ein standesgemäßer Kuchen für eine Prinzessin? Mach ihn neu", sagte sie schnippisch. Die Köchin schaute beschämt zu Boden.
„Aber wir haben die Rezeptur erst letzte Woche um eine Tafel Schokolade erhöht. Bald besteht der Kuchen nur noch aus Schokolade. Ich weiß nicht, wie ich daraus noch einen Teig machen soll", sagte sie.
„Das ist mir egal! Mach' es!", wies Lotte sie an.
Auch sonst scheuchte sie gern alle Dienstboten umher und behandelte sie schlecht. Dass sie immer mehr den Charakter einer bösen Stiefmutter annahm, merkte sie gar nicht. Als sie wieder mal mit

der Küchenchefin schimpfte, weil ihr die Karamellkruste der Crème brûlée zu dünn war, stand plötzlich die gute Fee vor ihr.

„Lotte!", schimpfte sie. „Müssen dich die scharfkantigen Felsberge mit einem Erdbeben zur Vernunft bringen oder kommst du von selbst drauf?"
Lotte erschrak. Mit der guten Fee hatte sie in diesem Moment nicht gerechnet. An das Erdbeben aber erinnerte sie sich sofort.
„Du hast dich eindeutig verirrt und bist vom richtigen Weg der Wünsche abgekommen. Du fängst an, die anderen zu quälen und dich unmöglich aufzuführen." Die gute Fee, die ein himmelblaues Kleid trug, ging auf und ab. Der weiche Stoff des Kleides wiegte sich leicht im Takt ihrer Schritte, aber ihre Hand umkrallte fest den Zauberstab.
„Ich wollte dir die Lektion beibringen, dass eine so perfekte Welt, in der alle dir zu Füßen liegen, sich unecht anfühlt und wenig Freude macht. Ich habe noch nie jemanden getroffen, der sich so gut selbst belügen kann und sich dabei auch noch so schlecht benimmt", sagte die Fee und schüttelte den Kopf.
Lotte fühlte sich ertappt und fürchtete sich vor dem Zorn der guten Fee. Die sagte aber: „Du bekommst eine letzte Chance. Das große A hat gesagt, du seist ein gutes Mädchen, erinnerst du dich?"
Lotte nickte.
„A konnte sich gar nicht vorstellen, wie du dich hier aufführst. A riet mir, dich an das weiße Blatt zu erinnern. Hast du es noch?"
Lotte hatte es vor langer Zeit unter ihr Kopfkissen gelegt, aber es stand nichts darauf. Sie holte es und gab es der guten Fee. Die bastelte innerhalb von wenigen Minuten einen Korb daraus.

„Das ist der Korb der Dankbarkeit, der dir helfen wird, den richtigen Weg zu finden", sagte sie nun schon viel milder. „Wie du siehst, ist er leer. Auf deinem Weg der Wünsche sollst du immer etwas hineinlegen, das dich an etwas Schönes erinnert. Dann wirst du am Ziel ankommen."
Wie sollte ihr ein leerer Korb helfen, argwöhnte Lotte, sagte aber nichts.
„Geh jetzt!", forderte die gute Fee.
Lotte ging zurück auf den Weg der Wünsche. Als sie durch das Tor schritt, verwandelte sich das Prinzessinnenkleid wieder in Jeans und T-Shirt. Sie ließ den Prinzen zurück, das goldene Schloss, ihr Pferd, den Gärtner und das Nichtstun. War ihr der Weg hinunter ins Tal so leicht gefallen, so erschien ihr der Weg zurück den Berg hinauf jetzt umso mühsamer. Sie fragte sich, ob sie jemals den richtigen Weg finden würde. Mit der Erfüllung ihrer Märchen-Wünsche war sie jedenfalls ein kleines Ungeheuer geworden, das erkannte sie mit jedem Schritt ein bisschen mehr.

Da sah Lotte einen Baum, auf dem Schokoladenkuchen wuchs. Sofort dachte sie an ihre Mutter, die sonntags so oft backte. Sie pflückte ein Stück und legte es in den Korb. Wie gerne hätte sie sich jetzt in die wärmende Umarmung ihrer Mutter geflüchtet, Unkraut zupfen hin oder her. Auf einem Acker, auf dem Taschenmesser in allen erdenklichen Formen aus dem Boden sprossen, dachte sie an ihren Vater, der solche Messer sammelte. Sie wählte eines mit vielen Werkzeugen daran und legte es in den Korb. Wie gerne hätte sie jetzt seinen Zuspruch gehört, dass sie ihren Weg schon finden werde.
Lotte kam an einem Blumenfeld vorbei, wo die Blüten wie Schnuller aussahen. Sofort dachte sie an ihren

kleinen Bruder Noah, auf den sie immer aufpassen musste, und pflückte behutsam eine Blüte ab. Noahs Lachen, das noch voller Unbefangenheit war, hätte ihre Schritte jetzt leichter gemacht. Als sie in den Himmel schaute und die Wolken zu schwarz-weißen Fußbällen geformt waren, dachte sie an ihren besten Freund Max. Sie kletterte auf einen hohen Baum, der bis in die Wolken reichte, nahm eine Wolke vom Himmel und legte sie in den Korb. Max' Witze hätten sie jetzt zum Lachen gebracht, und die Aufgabe wäre ihr nicht mehr so schwer erschienen.

Ein Stück des Weges führte sie durch einen dunklen Wald. Da leuchtete das Stück Holz in ihrer Hosentasche, das der Klatschmohn ihr geschenkt hatte und das von dem fluoreszierenden Myzel des Hallimaschs übersät war. Es wies ihr den Weg durch die Dunkelheit. Kaum war sie aus dem Wald herausgetreten, legte sie auch das Stück Holz in den Korb und dachte an den Klatschmohn. Sein bedingungsloser Glaube an ihre Kraft hätte ihr jetzt Mut gemacht.

Lotte schaute auf den Korb und bemerkte, dass er ganz voll war. Mir ist vorher gar nicht aufgefallen, wie viele Schätze ich eigentlich schon habe, dachte sie. Das alles in dem Korb war besser als Gold, als ein Prinz oder als Nichtstun. Da war der Weg plötzlich zu Ende, und Lotte stand vor einer Tür. Es war die Haustür ihres Elternhauses. Sie war zu Hause angekommen.

Menschlich

Rote Haare

Wenn man in der Schule nicht zu den ganz Coolen gehört, wird man schon mal komplett ausgezogen und in eine Mülltonne gesteckt. Es ist halt immer das Wichtigste dazuzugehören. Mein Opa hat mir oft vom Krieg erzählt, so ähnlich ist das auch bei uns in der Schule, nur ohne Gewehre. Einmal war Leon das Opfer, weil er rote Haare hatte. Oder war er uns zu dick? Ich erinnere mich nicht mehr genau.

Jedenfalls hatte er irgendetwas an sich, das unseren Klassenclown Björn dazu trieb, ihm jeden Tag die Kappe vom Kopf zu reißen und sie uns zuzuwerfen. Blitzschnell formierten sich alle ringsum, lachten dabei ziemlich laut, und immer wenn Leon kurz davor war, sich seine Kappe zu schnappen, kam Björn mit seinen flinken Fußballerbeinen angerannt und hielt sie hoch in die Luft. Leon kam nicht ran.
Einmal sah ich, dass er kurz davor war, zu weinen, und ahnte einen Triumph. Ich machte ein paar Schritte auf die Gruppe zu, bis ich mittendrin stand. Jemand warf mir die Kappe zu, und ich schmiss sie in den Springbrunnen, der in der Mitte des Schulhofes stand. Jeder konnte es sehen. Meine Mitschüler klatschten mir nacheinander die Hände ab. Jetzt weinte Leon wirklich. Die Schüler packten den wild

zappelnden Leon an Beinen und Armen, und legten ihn im Springbrunnen ab. Ja, so war das.

Dann hatte Leon die Pest. Wir fassten ihn an, nur um scheinbar angeekelt aufschreien zu können.
„Ih, jetzt habe ich die Pest!", schrie dann einer nach dem anderen. Wir rannten zum nächsten und gaben die Pest weiter. Ein tolles Spiel, wenn man selber nicht die Pest hat. Aber wir spielten das Spiel nicht richtig. Anstatt die Pest reihum weiterzugeben, holten wir sie uns alle zwei Minuten bei ihm ab.

Nur Angela spielte nicht mit. Sie fand das Spiel ungerecht und blöd. Kein Wunder, sie war nun mal unsere Streberin. Jeden Tag musste sie sich gezischte Kommentare anhören wie „Scheißstreberin", wenn sie sich gemeldet hatte und der Lehrer sagte: „Nicht schon wieder Angela! Weiß niemand sonst die Antwort?"

Ich saß in der Klasse neben ihr. In Physik ließ sie mich abschreiben, weil wir irgendwie befreundet waren. So lange ich neben Angela saß, schrieb ich in jedem Physiktest eine Eins. Aber ich verteidigte sie nie, wenn sie beschimpft wurde. Ich rückte sogar mit dem Stuhl ein bisschen von ihr ab, als würden die Beleidigungen sonst auf mich abfärben. Immerhin nahm ich sie mit auf Partys, wo sie in einem Sicherheitsabstand von zwei Metern hinter mir laufen durfte. Für sie war ich offenbar wer.

Als meine Mutter starb und ich eine Weile nicht zur Schule ging, war Angela die Einzige, die den Weg zu mir fand. Sie brachte mir sogar Schokokuchen. Zu den Coolen würde ich nun wohl nicht mehr gehören.

Als ich in die Schule zurückging, wollte niemand mehr groß mit mir reden. Mein Vater hatte mich gewarnt: „Das hat keiner von denen erlebt. Sie wissen nicht, wie es ist, wenn die Mutter stirbt, und wie sie damit umgehen sollen." Angela lief weiter hinter mir im Sicherheitsabstand von zwei Metern, auch wenn ich sie jetzt gern näher neben mir gehabt hätte.

Auf dem Schulhof standen die Schüler im Kreis, Schulter an Schulter. Man sah nicht, was dahinter geschah, aber ich ahnte Schlimmes. Angela ging vor. Wir schauten zwischen zwei Köpfen in den Kreis. Sie hatten Leon die Hose ausgezogen. Er hielt sich eine Hand vor sein ... naja, ihr wisst schon, und mit der anderen Hand versuchte er, seine Hose zu fangen, die im Kreis herumgeworfen wurde.
Nach den Wochen zu Hause, ohne Mama, kam mir das alles so lächerlich vor. Ich machte einen Schritt zurück und sah die Situation klar. Jeder hat doch irgendwie rote Haare. Ich ging auf Björn zu, blickte ihn ernst an, bis er die Hose losließ, und gab sie Leon wortlos zurück. Ins Klassenzimmer ging Angela neben mir zurück, ohne Abstand. Den brauchte sie jetzt nicht mehr.

Orthopädische Einlagen und Haarausfall

Als ich Leon lange nach der Schulzeit wiedersah, saß er auf der Kirchenmauer im Dorf. Seine roten Haare, für die er so oft zum Gespött der Mitschüler geworden war, hatte er sich abrasiert. Stattdessen leuchtete das Weiß seiner Kopfhaut in der Herbstsonne. Er hatte eine Bomberjacke und Springerstiefel an. Neben ihm saß die schöne Sonja, neben der ich oft in der Schule gesessen hatte, als sie noch kein Neonazi war.
Angst hatte ich vor denen nicht, auch wenn sie furchterregend aussahen. Dazu kannte ich sie zu gut. Ich grüßte sie. Leon deutete ein Aufspringen an, er wollte mich erschrecken. Er reckte eine geballte Faust in die Luft. Als ich kurz zusammenzuckte, nur um ihm einen Gefallen zu tun, lachte er laut und hämisch. Für ihn hatte sich das Blatt gewendet. Aber auch ich war älter geworden, und meine Waffe lautete Humor. Ich ging gelassen zehn Schritte weiter, sodass ich einen sicheren Vorsprung hatte, falls er mich jagen würde, und rief ihm zu: „Na? Hast du die Chemo gut überstanden?" Ich zwinkerte Sonja zu und war bereit, loszurennen. Ich war ein guter Läufer. Aber er kam nicht.

Doch dann zog Leon nach Rostock, und ich auch. Für mich war es die nächstmögliche Stadt, in der ich studieren konnte. Leon verpflichtete sich für ein paar Jahre beim Bund.

Ich traf ihn, als ich durch die Stadt ging. Er saß dort mit ein paar anderen Typen an einem Brunnen, und sie strichen sich über die nackte Kopfhaut, als wären sie auserwählt. Und mir war klar: Nicht nur Verliebtsein, auch Fanatismus macht blind. Offenbar waren sie alle beim Friseur gewesen. Ich erkannte Leon und lächelte ihm zu. Er freute sich tatsächlich, mich zu sehen. In der Fremde schweißt die gemeinsame Herkunft zusammen. Im Spaß sagte ich: „Na, wieder Schuhe mit orthopädischen Einlagen verschrieben bekommen?" Und zum Spaß ballte er die Faust, aber er lachte dazu. Er hatte abgenommen, zufrieden sah er aus.

Als ich das nächste Mal an ihnen vorbeiging, hatte ich meine Studienfreundin Shara dabei, deren Eltern aus Sri Lanka kamen. Sie war Deutsche und sogar hier geboren, in Gelsenkirchen. Aber das war kein Argument für die Neonazis. „Guck mal, da ist dein Kumpel aus der Heimat, der dich immer so ärgert", riefen die Nazis und stießen Leon in die Seite. Als hätte er die Tollwut bekommen, fletschte er die Zähne und hob sogar beide geballten Fäuste zum Kampf. „Hi Leon! Ich bin's, Fred. Erkennst du mich nicht?" „Doch, besser denn je", sagte er hasserfüllt und rannte auf uns los. Ich fasste Sharas Hand, und wir liefen so schnell wir konnten Richtung Innenstadt, in Richtung Polizeiwache. Ich hatte Todesangst.

Drei Rechtsradikale verfolgten uns, zum Glück alle fett genug, um langsamer zu sein als wir. Auch Sharas Augen waren weit aufgerissen. Sie lief nur einen Schritt hinter mir. Da erwischte Leon ihre Jacke. Shara fiel vor Schreck hin. Bevor ich sie nachziehen konnte, schlug Leon ihr mit der Faust ins Gesicht.

Etwas Silbernes glänzte an seinen Fingern. War das ein Schlagring? Sharas Gesicht war plötzlich blutüberströmt. Ich schrie laut „Polizei! Hilfe!" Die Wache war nur 50 Meter entfernt. Die Leute in der Innenstadt liefen an uns vorbei, sie sahen angeekelt herüber oder ganz weg.
Eine Oma schimpfte: „Immer diese Radikalen!"
„Dir verpasse ich auch gleich eins, Oma! Dann wirst du keine 80 mehr", rief Leon.

Wir standen uns gegenüber, atmeten heftig und starrten uns wie Wölfe an, die umeinander herumschleichen, bevor sie sich zerfleischen. Leon reichte der Schlag offenbar aus, um erfolgreich nach Hause zu gehen. Aus seinen Augen war der Hass verflogen, aber seine beiden Kumpels waren noch geladen. Ich stellte mich vor Shara, die sich weinend das Gesicht hielt. Blitzschnell hatten die beiden Neonazis mich an den Armen gepackt und bedeuteten Leon, mir ordentlich eine reinzuhauen. Leon zögerte. Seltsamerweise fielen mir in diesem Moment nur die Nazi-Witze ein, mit denen ich ihn aufgezogen hatte.
„Gegen Haarausfall gibt es auch Cremes."
Leon lachte laut und hämmerte mir dann einen heftigen Schlag in die Magengrube. Ich brach zusammen. Nach dem Hieb mit dem Schlagring in die Weichteile ließen sie mich gekrümmt zu Boden fallen. Ich schaute von unten zu ihnen hoch.
„Ja, das ist die Perspektive, von der du uns anschauen darfst", sagte ein Neonazi.
Leon hob an, mir ins Gesicht zu treten. Schnell wendete ich den Kopf auf die andere Seite. Mit einem lauten Stampfen knallte sein Springerstiefel auf den Asphalt.
„Glück gehabt. Aber wo willst du hin, wenn wir alle drei zutreten? Los!", befahl er den anderen.

Ich sah hassverzerrte Fratzen, kniff die Augen zu und hielt die Arme schützend vor mein Gesicht.
„Stehenbleiben! Polizei!" Anstatt zuzutreten und mein Gesicht zu zertrümmern, rannten sie los.
„Ach, die sind zu fett. Unsere Hunde kriegen sie sofort", hörte ich die Polizisten keuchen.

Shara war wieder da, beugte sich zu mir runter und strich mir übers Gesicht.
„Diese armen gottlosen Menschen. Ich werde für sie beten."
War das ihr Ernst? „Für die werde ich mir nur noch mehr Witze ausdenken", stöhnte ich. Das Blut in Sharas Gesicht war fast getrocknet. Wir mussten ins Krankenhaus, sonst würden die Wunden Narben hinterlassen. Und an diese Menschen wollte ich durch nichts erinnert werden.

Ich spielte mit dem Gedanken Nazi-Sonjas Nummer nachzuschlagen und ihr zu berichten. Mein Vater hatte mir erzählt, dass sie inzwischen nicht mehr auf der Mauer saß, kein Nazi mehr war und sich für ihre Vergangenheit schämte. Leon brauchte dringend jemanden, der auf ihn aufpasste, und ihn daran erinnerte, dass er eigentlich rote Haare hatte. Aber vielleicht einfach nur daran, dass er als Kind kein Nazi war.

Verlorene Stimmen –
Eine Zukunftsgeschichte

Kai schaute auf sein Smartphone. Nichts. Seine Freundin antwortete nicht. Sie hatten sich nichts mehr zu schreiben. Er blickte auf und sah ihr direkt ins Gesicht. „Das war's dann?", schrieb er ein letztes Mal. Sie nickte, blieb ohne Worte, und blickte sofort wieder zu Boden. Ohne sie noch einmal anzusehen, stand Kai auf und verließ das Café. Er hatte die Türklinke noch in der Hand, da hatte er bereits auf „Kontakt löschen" gedrückt. Das Jahr 2023 würde er nun als Schlussmach-Jahr im Kopf behalten, das wusste er.

Draußen stach ihm das gleißende Licht der Sonne in die Augen, sodass er einen Schritt zurückwich und die Hand schützend gegen die Sonnenstrahlen erhob. Hatte er doch für einen Moment vergessen, seine Schutzbrille aufzuziehen. Kai schaute auf den goldenen Feuerball, der den Horizont fast vollständig ausfüllte. War die Sonne schon wieder größer geworden? Er zog den Reißverschluss seines Schutzanzuges bis zum Kragen hoch, nicht nur weil er sich vor der Hitze schützen wollte, sondern weil er jetzt lieber unter seine silberne Feuerlöschdecke gekrochen wäre.

Er hatte Sylvie zwar aus seinem Taschencomputer gelöscht, aber dieses Schlussmachen kam ihm doch seltsam vor. Bei seiner letzten Freundin vor zehn Jahren hatten sie zuerst die Türen geknallt, sich dann angeschrien und schließlich umeinander geweint. Dieses blöde SMS-Schreiben in allen Situationen! Zuerst war es nur ein Spaß gewesen, erinnerte sich Kai. Auch wenn der Andere direkt vor einem saß, schrieb man SMS, anstatt zu sprechen. Es hatte sich eingeschlichen. Und jetzt gehörte es in der Gesellschaft zum guten Ton, nicht zu sprechen.

Die Straßen waren leer und stumm. Bei den Schaufenstern waren selbst die kleinen, übrig gebliebenen Gucklöcher abgedichtet. An den Wohnhäusern waren die Rollläden heruntergelassen. Seit es draußen so gleißend hell war, saßen die Leute am liebsten im Dunkeln.
Auf dem Weg zum Krankenhaus kam Kai an einer Baustelle vorbei. Die Männer verlegten einen Schutz um die Super-DSL-Leitung, damit die Hitze ihr nichts anhaben konnte. Sie sprachen nicht und ließen das neue Kabel wortlos in die Erde fallen. Nur das klägliche Kratzen der Schippen auf dem Asphalt, die den Schutt wieder in das Loch füllten, war zu hören.

Zimmer 11 568 780. Da lag Oskar. Kai öffnete vorsichtig die Tür, ohne anzuklopfen. Er hätte sein „Herein" sowieso nicht gehört. Denn Oskars Stimme war schwach und zerbrechlich. Seine Augen waren beinahe blind geworden. Über seinem rechten Ohr wuchs ein Blumenkohl, wie Oskar es selbst nannte. Statistisch gesehen wuchs schon jedem Zweiten ein Krebsgeschwulst am Kopf. „Die Strahlen", winkten die Ärzte ab, als könne man nichts dagegen machen. Kai setzte sich an das Bett und holte sein Smartphone heraus. Er wollte Oskar schreiben, dass er da war.
„Ich kann doch kaum noch etwas sehen. Pack dein Handy wieder ein", flüsterte Oskar, in dessen Arm

mehrere Schläuche steckten. Aus seinem Schlafanzug lugten Kabel heraus, die mit piepsenden Maschinen verbunden waren. Kai starrte auf den Blumenkohl. Er war riesig geworden, fast so groß wie Oskars Kopf, der sich auf dem Krankenhauskissen stark zur Tumorseite neigte.

„Wie läuft es mit Sylvie? Habt ihr euch ausgesprochen", fragte Oskar. Seine Stimme war nur ein Krächzen.

Kai schüttelte den Kopf. Im Gegensatz zu allen anderen hatte Oskar seine Sprache durch die Krankheit offenbar wiedergefunden, was Kai befremdete.

„Habt ihr Schluss gemacht?"

Kai nickte.

„Das tut mir leid."

Kai holte aus seiner Tasche eine Rinderroulade, verpackt in Klarsichtfolie, und hielt sie Oskar zuerst, ein wenig ausgepackt, unter die Nase, und legte sie ihm dann unter die Hand – die ohne Schläuche.

„Oh danke! Das Krankenhausessen wird nur im Labor gezüchtet. Ich bin so froh, dass du mir echtes Fleisch mitgebracht hast. Ein Hoch auf den Bauernhof deiner Tante – vermutlich der letzte in ganz Europa."

Betreten schaute Kai zu Boden, und Oskar spürte es. Er konnte die verschiedenen Arten der Stille unterscheiden.

„Was ist? Werden sie auch zu einem Zoo?"

Kai nickte.

„Seit die Bevölkerung beschlossen hat, keine Tiere mehr zu töten, gibt es Kühe und Schweine nur noch im Zoo. Dabei ist das Laboressen so ekelig. Es sieht aus wie Fleisch, ist aber bloß Maisstärke. Es sieht aus wie Milch, ist aber gefärbte Maisstärkesuppe. Das kann doch nicht gesund sein!" Seine Stimme bäumte sich auf, wurde aber nicht mehr als ein Wispern.

Kai zuckte mit den Schultern. Er fand seine Sprache einfach nicht.

„Kai, ich sterbe bald. Könntest du mir bitte einen Gefallen tun und sprechen?" Kai starrte ihn an, als verlange er etwas Unmögliches. Oskar suchte nach seiner Hand. Scheu reichte Kai sie ihm. „Sag, dass du mich vermissen wirst. Ich werde dich sehr vermissen, ich tue es jetzt schon. Alles hier, selbst das ekelige Laborschnitzel."

Kai blieb stumm.

„Sag es auf Englisch. In einer fremden Sprache kann man leichter etwas über die Lippen bringen."

Kai atmete schwer. Wie lange hatte er nicht mehr gesprochen? Es mussten ein paar Jahre gewesen sein. Kai drückte Oskars Hand fest und setzte sich aufrecht hin. Bereit, als würde jeden Moment der Startschuss für einen Hürdenlauf fallen.

„I...", setzte er an.

„Ja, gut!" Oskar riss seine Augenbrauen freudig hoch.

„I will miss you", brach es aus Kai heraus.

Erschöpft sackte Oskar zusammen und seine Stimme brach: „Danke!"

Kai war über sich selbst erstaunt und beflügelt zugleich. Da setze er noch eins drauf: „Du wirst mir so sehr fehlen!"

Jetzt schluchzte Oskar und streckte seine Arme nach dem Freund aus, wie ein kleines Kind, das auf den Arm genommen werden will.

„Danke", sagte Kai, der seine Sprache wiedergefunden hatte, und drückte Oskar vorsichtig an sich.

Zu klein

Wenn man groß ist, sieht man Sachen, die man nicht sehen will. Man sieht kleine Fliegen tot im Teller einer Stehlampe liegen. Man sieht die dicke Staubschicht auf dem obersten Regalbrett, wo keiner zum Wischen drankommt. Und man sieht den Eltern beim Sterben zu.

In meinem Haus sind die Türen in einer Sondergröße von zwei Meter dreißig hoch angefertigt. Denn wenigstens zu Hause möchte ich aufrecht gehen können. Im Büro drehe ich den Kopf zu einer Seite, um durch die Tür zu kommen. Wenn ich gute Laune habe, deute ich einen Limbotanz im Türrahmen an, und meine Kollegen freuen sich. Da ich es mag, auf Augenhöhe mit anderen zu sein, knicke ich im Gespräch ein Bein ein, stelle mich schief, lasse die Schultern nach vorne sinken und halte den Kopf wie eine Ente. Aber so richtig gelingt es trotzdem nicht. Nur wenn ich mich setze. Dann sehe ich auch keine dreckigen Stehlampen oder staubigen Regale.

Für meinen Vater habe ich die Türen in Sonderanfertigung breiter machen lassen, damit er besser mit dem Rollator hindurch kommt. Meine Türen sind jetzt zwei Meter dreißig hoch und zwei Meter breit. Er ist gestürzt, als er eine Glühbirne wechseln wollte, und jetzt sitze ich jeden Abend an seinem Bett, auf Augenhöhe. Aber wir sprechen nicht. Er stöhnt nur unter Schmerzen. Ich will mich nicht verabschieden. Dafür bin ich noch zu klein.

Zauberhaft

Der Eisfrosch

Der Wind von Oklahoma blies so stark, dass Peter beinahe umflog, als er die Motorhaube öffnete, um sein stehengebliebenes Auto zu reparieren. Was Peter nicht wusste: Jetzt im Frühling pustete dieser Wind die Wünsche der Menschen weiter zur zentralen Wunscherfüllungsstelle, und jeder bekam die Chance, sein Leben ein bisschen neu zu erschaffen.

Es war ein kleines Männchen namens Linus, das die Wünsche aus dem Wind heraushörte, sie einfing und mit ihnen davonflog zur Sammelstelle, die in Bozeman in Montana an einem Fluss lag. Dort, wo sich die Leute zum Angeln am Nelson Spring Creek trafen, wohnte ein alter Zauberer. Linus warf die Wünsche, die er zuvor auf einen Zettel geschrieben hatte, in den Fluss und zog an der Klingel des Zauberers. Der öffnete die Tür, sie nickten sich zu und hoben die Hand zum Gruß. Dann breitete Linus seine Flügel aus und machte sich wieder auf den Weg, um all die anderen Wünsche einzusammeln. Einigen Menschen musste der kleine Linus aber besonders auf die Sprünge helfen. Dann kletterte er in ihr Ohr und flüsterte ihnen Mut zu.

So ein Mensch war auch Peter. In seinem Ohr landete der kleine Linus heute. Peter hatte es noch nicht ge-

merkt. Er war ein schwer beschäftigter Manager und hatte keine Zeit für Hokuspokus. Er hatte auch keine Zeit, mit einem störrischen Auto am Wegesrand stehen zu bleiben. „Ich habe John doch gesagt, er soll zur Inspektion mit dem Ding!", ärgerte er sich.
Was Peter nicht bedachte: Sein Sohn John hatte diese Aufgabe gar nicht erfüllen können. Peter kam abends erst um acht Uhr mit dem Auto nach Hause, da hatten alle Werkstätten geschlossen. Und Beziehungen hatte Peter nur zu hochkarätigen Menschen, nicht zu Handwerkern. Also öffnete ihm auch niemand außerhalb der Geschäftszeiten. Er ärgerte sich über das ganze Pack dieser Welt, das zu nichts zu gebrauchen war.
Warum war Linus ausgerechnet in seinem Ohr gelandet? Dieser Mann hatte Geld, ja, aber er brauchte dringend Hilfe im menschlichen Umgang – das war eine Anordnung von ganz oben. Peter hatte seinen Wunsch nicht selbst in den Wind gesprochen. Bei ihm griff nicht das allgemeine Wunschverfahren. Peter hatte nicht einen einzigen Wunsch. Gott war es, der diesen Wunsch für Peter in den Wind von Oklahoma gewispert und Linus um einen Besuch bei ihm gebeten hatte. Gottes Befehlen widersetzte Linus sich nie. „Ich wünsche mir, dass Peter Smithfield die Liebe wieder in sein Leben lässt", hatte auf dem Wunschzettel gestanden.

Linus befand sich also in dem Ohr des Hauptgeschäftsführers der größten Versicherung Amerikas, der gerade fluchend unter seine Motorhaube schaute. Linus zündete ein klitzekleines Licht an, das aussah wie eine Öllampe. Die meisten seiner Wunschkinder bemerkten in diesen Momenten die Wärme, fummelten sich am Ohr herum und kurz darauf nahmen sie den kleinen Mann wahr. Nicht so Peter, er merkte nichts. Linus war übrigens nicht größer als ein Marienkäfer.

So hatte er viel Platz in den Ohren der Menschen. Und sprechen konnte er so laut wie ein Mensch, was komisch wirkte, weil er ja so klein war.

Aus dem Ohr heraus warf Linus einen Blick auf den Motor. Das Einzige, was man an diesem Auto nachfüllen konnte, waren Wasser und Öl. Alles andere war mit einer Plastikschale verkleidet. „Funktioniert die Tankanzeige noch? Hat John nicht gesagt, sie spinnt, und hat dir extra einen Kanister Benzin in den Kofferraum gelegt?", flüsterte Linus ihm ins Ohr.
„Ach ja, stimmt", sagte Peter und hetzte zum Kofferraum. Dass es nicht seine Gedanken waren, die er gerade gehört hat, würde er erst viel später merken. Linus kannte das schon, aber ein bisschen enttäuscht war er doch. Dieses Exemplar Mensch schien ganz besonders stumpfsinnig zu sein. „Das wird harte Arbeit", dachte Linus. „Aber zumindest konnte ich landen. Da Peter seine Ohren selten in den Wind von Oklahoma hält, war das nicht einfach."

Am nächsten Tag begleitete der winzige Mann Peter zur Arbeit – in seinem Ohr. Während Peter Kaffee trank, summte Linus ihm lustige Lieder ins Ohr. „Lollipop, Lollipop." Zu seinen Mitarbeitern sagte Peter: „Ich habe den ganzen Tag schon einen Ohrwurm, manchmal auch mehrere. Das hatte ich schon lange nicht mehr! Muss am Frühling liegen!" Er schien sich darüber richtig zu freuen, was wiederum die Mitarbeiter freute, aber vor allem erstaunte. So hatten sie ihren Chef noch nicht erlebt. Bevor er später nach Hause fuhr, erinnerte ihn seine Sekretärin daran, dass heute sein Hochzeitstag war, und überreichte ihm einen Blumenstrauß für seine Frau. In 15 Jahren

Zusammenarbeit hatte er seine Sekretärin perfekt angelernt. Beschwingt wie lange nicht mehr, ging er zum Parkplatz.

Linus hatte die Nase voll. Außer, dass er Liedchen gesummt hatte, war gar nichts passiert. Er griff zum äußersten Mittel, bevor Peter in sein Auto einsteigen wollte. Linus nahm die klitzekleine Kerze aus der Lampe heraus, hielt sie an ein Ohrenhaar und versengte es. Das tut nicht weh, aber es stinkt. Als Peter nur die Nase rümpfte, ging Linus weiter und kokelte ein Haar nach dem anderen ab, obwohl er Haare im Ohr des Menschen mochte, denn sie waren für ihn wie ein weiches Bett.

Nichts geschah. Schließlich rief Linus laut in sein Ohr: „Peter, du hast einen Mann im Ohr, der dir Wünsche erfüllt!" Eigentlich hätte er sagen müssen: „einen kleinen Mann", aber Linus reduzierte sich selber nie auf seine Körpergröße. Eigentlich hätte er auch sagen müssen: „der dich erzieht" anstatt „der dir Wünsche erfüllt", aber so klang es einfach netter. „Leg deinen Finger ans linke Ohr, dann komme ich raus, und du kannst mich mal sehen!" Jetzt war Peter vollkommen erschrocken und bekam es mit der Angst zu tun. Sollte er verrückt geworden sein? Linus konnte keine Gedanken lesen, aber er wusste, dass sich alle diese Frage stellten. „Nein, du bist nicht verrückt. Probier es mal aus."

Instinktiv hatte Linus plötzlich Sorge, Peter könnte ihn im ersten Moment aus Angst oder vor Wut zwischen Daumen und Zeigefinger zerquetschen. Daher sagte er schnell: „Gott schickt mich zu dir. Er will, dass ich dir helfe, die Liebe wiederzufinden."

Peter protestierte sofort. „Das ist doch Blödsinn. Davon habe ich genug." Peter erschrak, als er begriff, dass er mit einem kleinen Mann in seinem Ohr diskutierte. Passanten müssten denken, er führe ein intensives Selbstgespräch. Also hielt er schnell den Finger ans Ohr, um bloß nicht aufzufallen, und stieg rasch ins Auto ein.

Er schaute auf seinen Finger und entdeckte etwas kleines Schwarzes. „Da muss ich erst einmal meine Brille aufsetzen", sagte Peter, schickte ein paar Flüche in die Welt und kramte umständlich nach der Brille in seinem Jackett. Aber die Brille half ihm nicht. Auch das kannte Linus schon von den Menschen. Daher zog er eine kleine Lupe aus seiner Hosentasche, die ihn um ein Vielfaches vergrößerte, und hielt sie sich vors Gesicht.
Das sah komisch aus, weil sein Kopf jetzt so groß war wie der eines Frosches, aber der Rest des Körpers immer noch marienkäferklein war.

„Da ist ja wirklich ein kleiner Kerl", sagte Peter verblüfft.
„Ich darf mich vorstellen, ich heiße Linus und trage die Wünsche der Bedürftigen zum großen Zauberer vom Nelson Spring Creek."
„Bedürftige? Aber das bin ich nicht. Ich habe auch gar keinen Wunsch. Ich kann mir wirklich alles kaufen. Und ich habe keine Zeit für so einen Unsinn. Wünsche sind was für Kinder."
„Ich weiß. Die Menschen, die keine Wünsche haben, sind die schlimmsten. Wir haben einen besonderen Vogel in unserem Land, den blauen Vogel. Er kann nur fliegen, wenn die Menschen träumen und sich etwas wünschen. Menschen wie du bewirken, dass

die Thermik für ihn lebensbedrohlich wird, weil sie sich nichts wünschen. Wenn ihr krank seid, wird er es auch. Das ist ein wichtiger Indikator für den Herren da ganz oben, mich zu euch zu schicken. Denn so ein wunschloser und traumloser Mensch ist ansteckend und macht die anderen Menschen auch unzufrieden und krank."
„Aber ich bin nicht krank."
„Du bist überzeugt, dass deine kranke Lebensweise normal ist. Aber glaube mir, es könnte viel wärmer in deinem Leben sein."

Menschen wie Peter musste der kleine Linus eigentlich alles vormachen, damit ihr Leben wieder wärmer wurde. Peter hingegen war der kleine Mann suspekt, aber Linus trat so selbstbewusst auf, dass Peter nicht das Gefühl hatte, diesem Männchen und seinem Gerede von den Wünschen und Träumen ausweichen zu können. Linus hatte viele Erfahrungen mit Menschen wie Peter gemacht und wusste nach welchem Muster sie dachten. Deshalb sagte er mit Nachdruck: „Ich gehe erst, wenn wir dich wieder hinbekommen haben! Befehl von ganz oben!"
„Mich ... was?" Das klang so, als ob es schlimm um ihn stünde.
„Keine Angst, es tut nicht weh, aber ein wenig anstrengend wird es schon."
Peter wollte gerade sagen, dass das alles Blödsinn sei und er so eine Behandlung nicht brauche, da hielt Linus sich die Lupe vors Gesicht, sein Kopf wurde riesig und er schaute Peter streng aus zusammengekniffenen Augen an. Mit einer resoluten Stimme, denn nur in diesem Ton würde sein Gegenüber ihn ernst nehmen, befahl er Peter, heute seine Frau zum Abendessen auszuführen. Und zwar zu dem Italiener, wo sie

zum allerersten Mal zusammen gegessen hatten.
„Reichen Blumen denn nicht?"
„Nein, sie braucht mehr Aufmerksamkeit, Interesse, ein richtiges Gespräch und nicht nur drei halbgare Sätze: Wie war den Tag? Gut. Und deiner? Auch. Gute Nacht."
Peter wusste nicht, was er mit ihr reden sollte.
„Siehst du, so weit bist du von ihr entfernt. Von wegen, ich habe genug Liebe in meinem Leben. Liebe – das musst du erstmal wieder lernen. Aber es wird schon", versprach Linus.

Als Peter seiner Frau den Blumenstrauß überreichte, küsste er sie ein paar Sekunden länger auf den Mund als bei den üblichen flüchtigen Begrüßungsküssen. Darüber war er selbst erstaunt, aber die Aufgaben, die Linus ihm gestellt hatte, würde er nur mit ihrer Hilfe meistern, das spürte er und er war froh, dass gerade sie dabei an seiner Seite stand. Seine Frau wunderte sich über den Kuss.
„Was ist denn los?"
„Alles Gute zum Hochzeitstag! Ich möchte dich zum Essen ausführen, zu unserem Italiener."
„Zum Tuscolo?", fragte sie erstaunt. „Da waren wir doch schon Jahre nicht mehr."
Peter wusste nicht, was er sagen sollte, und war ganz verlegen über seine neue alte Rolle.
„Dann wird es höchste Zeit", flüsterte Linus ihm ins Ohr und Peter sprach es nach.
„Lächeln", forderte Linus ihn auf und Peter verzog die Mundwinkel, noch ein wenig verkrampft, aber durchaus charmant, zum Lächeln.
Seine Frau wurde schamrot wie ein junges Mädchen und freute sich. „Ich ziehe mich schnell um", sagte sie und lief die Treppe hoch.

Peter fühlte sich plötzlich wieder wie mit 25 Jahren. In diesem Moment lösten sich hunderte kleiner Verspannungen in seinen Schultern, und er wurde 20 kg leichter. „Steh hier nicht so rum, los zieh dich auch um!", riss Linus ihn aus seinen Gedanken. Der Manager der größten Versicherung Amerikas hatte tatsächlich drei Minuten seines Lebens nicht sinnvoll genutzt, sondern im Flur gestanden und glückselig vor sich hin geschaut. Linus war zufrieden. Vielleicht war Peter doch kein Eisfrosch.

In Oklahoma blies der Wind um diese Jahreszeit so heftig, dass keine Frau im Lande ihre Haare offen trug. Die vom letzten Sommer braun gebrannten Grashalme bogen sich schräg, als machten sie lustige Dehnübungen. Die Knospen junger Frühlingsblumen machten es ihnen nach. Und auch die vielen altmodischen Windmühlen drehten sich eifrig im Wind. Zum ersten Mal seit Jahren nahm Peter all das wahr, und es kam ihm so vor, als würde er die Straße in seinem Dorf zum ersten Mal befahren. Auf einmal fiel ihm der Weg zum italienischen Restaurant nicht mehr ein, aber seine Frau kannte die Strecke genau. „Nicht hier abbiegen, es sind noch 800 Meter."

Der erste Schritt war getan. Jetzt saßen sich die beiden gegenüber, und Linus hatte die Kerze wieder angemacht. „Die gibt dir Kraft, und du weißt, dass ich da bin", hatte er zu Peter gesagt. Obwohl Linus erst wenige Stunden in seinem Ohr wohnte, war er Peter bereits vertraut, und er wollte den kleinen Mann schon jetzt nicht mehr hergeben. Peters Manager-Souveränität schien der heftige Wind von Oklahoma weggeblasen zu haben. Beide saßen sie da wie Teenager, ihnen war etwas mulmig zumute, und doch waren sie freudig erregt, voller Hoffnung und Erwartungen auf etwas Schönes. „Ich bin ganz aus der Übung", dachte Peter und klammerte sich wieder an seine Rolle als Geschäftsmann.

Fachmännisch hatte er einen Wein ausgesucht und war nun in die Menükarte versunken – er tat zumindest so. Tatsächlich überlegte er krampfhaft, was er seine Frau fragen konnte.
„Sag was Nettes! Wie schön es ist, dass ihr schon 20 Jahre verheiratet seid. Frag nach ihrem Pilates-Kurs und wie es mit dem Schmuckbasteln läuft, ob sie schon Ketten verkauft hat", riet Linus und stellte die Kerze, eine Zauberkerze, ein paar Stufen wärmer. Wärme konnte Peter jetzt gebrauchen.
Das macht sie alles? Peter merkte, dass er wohl die letzten Jahre nicht gut zugehört hatte. Daher wunderte sich auch seine Frau über seine Fragen. Dann hat er ja doch zugehört, freute sie sich. Sie schob den weinroten Schal zur Seite und zeigte stolz ihre neueste Kreation. Eine wundervoll glitzernde Kette kam auf ihrem schwarzen Kleid zum Vorschein. Es waren grüne Steine, die im Kerzenlicht wie Smaragde funkelten. Wenn sie sich aus dem Kerzenlicht herausbewegte, waren sie matt wie Kieselsteine, nur in grün. „Das sind ganz besondere Steine. Eine Freundin war am Wochenende am Nelson Spring Creek angeln, und dort gibt es einen alten Mann, der Steine aus dem Fluss fischt, sie glatt schleift und verkauft. Sie sollen Glück bringen."
„Sie haben genau die Farbe deiner Augen, in denen ich versinken kann – deep green sea", sagte Peter, ohne nachzudenken – und war dann überrascht über sich selbst.
Linus klatschte leise in die Hände. „Er macht sich",

sagte sich der kleine Mann stolz und flüsterte Peter noch ein paar Fragen ins Ohr.

Seine Frau berichtete von der Arbeit in der Schule und dass sie ein soziales Projekt gestartet hatte, um die Diskriminierung von Schwarzen auf dem Land zu reduzieren. Wie von selbst ergriff Peter ihre Hand auf dem Tisch und drückte sie zärtlich. Sie schaute zu Boden und wurde das zweite Mal rot an diesem Abend.
„Du hast mir so gefehlt, Peter. Die vergangenen zwei Jahre warst du so weit weg. Und ich meine nicht die Geschäftsreisen. Es ist schön, dass du wieder da bist", sagte sie. Ihre Augen waren feucht.

Peter merkte erst an diesem Abend, auf welch großes Glück er verzichtet hatte, ohne es zu wissen. Er griff auch nach ihrer anderen Hand, hielt sich daran fest, um sich dann quer über den Tisch zu beugen und sie zu küssen, wie ein richtiger Mann seine Frau voller Liebe küsst. Er strich ihr über die Wange und hielt ihr Gesicht in seinen Händen.
„Es tut mir leid. Ich habe es nicht gemerkt. Aber ich bin froh, dass du noch da bist", rutschte es ihm heraus, denn in diesem Moment begriff er, dass er zwei Jahre lang kein guter Partner gewesen war, ihr kein Zuhause gegeben hatte, keine Schulter zum Anlehnen. Sie waren beide einsam gewesen, obwohl sie zu zweit waren.
„Das wird sich nie wieder einschleichen", versprach Peter und wusste, dass es stimmte. Und jetzt wischte auch er eine Träne, so groß wie Linus, weg.

An einem einzigen Tag aus einer grauen Nebelwolke aufzutauchen, war auch für den Manager der größten

Versicherung Amerikas ein bisschen zu viel. Linus drehte die Flamme der klitzekleinen Kerze runter und bat Peter, ihn ins andere Ohr hinüberzusetzen, wo noch genug Haare waren und wo er es kuschelig hatte. Dort legte er sich zufrieden schlafen, zugedeckt von seinen weichen Flügeln.
Diesen Mann hatte er unterschätzt. „Du bist gar nicht so ein schlimmer Eisfrosch", sagte Linus mit schläfriger Stimme.
„Doch, bin ich. Aber wusstest du nicht, dass Frösche wechselwarm sind? Du hast die Umgebung verändert." Peter hörte Linus leicht schnarchen, es war mehr ein schweres Atmen. „Jetzt ist der kleine Kerl tatsächlich in meinem Ohr eingeschlafen."

In den nächsten Tagen wehte der Wind von Oklahoma leichter. Die Tage wurden wieder ein wenig länger, sodass Peter beim Aufwachen in den heller werdenden Tag schaute. Und Peter hatte eine neue Aufgabe: Seine Skatfreunde, denen er seit zwei Jahren jede Woche wegen Geschäftsterminen abgesagt hatte, sollte er wiedertreffen.
Bisher lief es sehr gut. Wenn Peter gesund geworden war, würde Linus zum alten Zauberer gehen und fragen, wie er ihn unterstützt hatte. Er hatte schon geschnuppert, ob der Wind von Oklahoma Düfte, Kräutermixturen oder Rosenmischungen hergeweht hatte, aber nichts bemerkt. Ihm war nur aufgefallen, dass Peter unglaublich viel Zimt aß, was die Menschen üblicherweise nur zu Weihnachten aßen, aber nicht im Frühling. Im Bagel und den Haferflocken am Morgen war Zimt, im Kartoffelsalat am Mittag, im Muffin zum Kaffee. War es das? Mit der Antwort musste Linus sich noch gedulden. Jetzt war etwas anderes zu tun.

Peter und Linus waren im Büro und blickten aus dem Fenster auf den Denver Tower in Oklahoma City. Peter war damit beschäftigt, mit seinem Geschäftspartner telefonisch Verhandlungstermine abzusprechen, lag dabei in seinem schwarzen Ledersessel zurückgelehnt, drehte die Telefonschnur zwischen seinen Fingern, schaute jetzt auf das Bild mit dem Segelschiff von Edward Hopper an der Wand und schlürfte Cafe Latte mit Zimt bestreut. Der kleine Linus verzog das Gesicht, nicht schon wieder Zimt. Er kletterte aus Peters Ohr und tapste so lange auf der Computertastatur und der Maus herum, bis er die Adressliste „Skat" geöffnet hatte und die Telefonnummern auffordernd auf dem Bildschirm blinkten.

„Wie hat er das gemacht, dass sie blinken?", fragte sich Peter, der eine abwehrende Handbewegung zu Linus machte, ihn aber gleichzeitig entschuldigend anlächelte.
Linus hielt sich die Lupe vors Gesicht, damit Peter ihn sehen konnte. Mister Obermanager wollte also nicht, ärgerte Linus sich. Er kletterte wieder auf die Tastatur, sprang von einer zur nächsten Taste und schrieb. „Wenn du nicht gleich auflegst, tue ich es!"
Das glaubte Peter ihm und machte ein Zeichen, dass er noch eine Minute bräuchte. Der kleine Linus schaute auf die Uhr und bedeutete, dass er aufpassen würde.

„Wer ist da?"
„Peter."
„Peter wer?"
„Na, Peter, dein Freund."
„Ach, Peter, ich habe deine Stimme gar nicht erkannt, wir haben ja ewig nichts von dir gehört", sagte sein

Skatfreund Carl, den Linus Peter zuerst anrufen ließ. Denn er war der Gutmütigste und würde es Peter einfach machen. „Erzähl, dass du das Foto seiner Tochter beim Springturnier in der Zeitung gesehen hast", flüsterte Linus. Carl lachte laut auf und in Peters Ohr lachte Linus leise, der jetzt wieder hinunter auf den Tisch kletterte.

„Du bist ein unverbesserlicher Charmeur. Ich hatte schon Sorge, du hättest dich verändert und wärst – entschuldige den Ausdruck – ein Managerfuzzi geworden. Das war meine Frau auf dem Foto!" Und mit dem Satz quoll Stolz aus seiner Stimme. „Wir spielen Mittwoch Karten. Komm doch vorbei."

„Super, ich werde da sein!"

Als der Hörer eingehängt war, blitzte Peter den kleinen Linus mit schmalen Augen, die nur noch Schlitze waren, an. „Du musst mir sagen, wenn ich mich zum Affen mache!"

„Aber dann hättest du es nicht gemacht, du ernster Eisfrosch! Und du weißt doch, in solchen Männerrunden ist Humor elementar. Und du scheinst deinen Witz irgendwo vergraben zu haben, wo du alleine nicht so schnell drankommst."

„Ich fand das aber nicht witzig", protestierte Peter, jetzt wieder ganz Manager der größten Versicherung Amerikas.

„Siehst du, das ist das Problem. Wir müssen dringend deinen Humor wieder ausgraben."

„Fürs witzig sein wird niemand bezahlt!"

„Nein, aber es lebt sich leichter. Und ernsten Menschen fallen einfach nicht so viele Lösungen ein, weil sie zu verkrampft sind."

Der kleine Linus äffte Peter nach, wie er da mit hochgezogenen angespannten Schultern saß, die Arme

vor der Brust verschränkt, ein bisschen beleidigt, aber auch angriffsbereit, das Gesicht in Falten gelegt. „Du wirst auch schneller alt, wenn du so guckst. Und heutzutage gelten Falten bei Männern nicht mehr als Ausdruck von Charakterstärke, sondern genau wie bei Frauen nur noch als Zeichen des Alters."
„Jetzt bin ich auch noch unattraktiv?"
Der ist ja schlimmer als eine Frau, dachte Linus. „Ich werde dir jetzt jede Stunde einen Witz ins Ohr flüstern. Das wird dir die Seele leichter machen. Und du hast morgen Abend beim Skat was zu erzählen!"
Peter fand, dass vorgetragene Witze höchstens etwas für Humor-Anfänger waren. Offenbar war er sehr tief abgestürzt auf der Skala des lustigen Lebens, quasi in der Hölle des Ernstes gelandet. Der kleine Linus kletterte in sein Ohr, zündete eine warme Kerze an und sagte: „Sei nicht frustriert. Das kommt wieder. Obwohl ich mich gerade frage, ob wir die Lektion „Dankbarkeit" vorziehen sollten, denn das sind echte Luxusprobleme, die du hast", schimpfte Linus.
„Ich bin reich. Ich kann mir das leisten", sagte Peter mit einem Augenzwinkern und lächelte in den Spiegel an der Garderobe, sodass er theoretisch Linus im Ohr anschauen konnte.
Linus hielt überrascht den Kopf aus dem Ohr, als hätte er sich verhört. „Geht doch!"

Jede Stunde flüsterte der kleine Linus Peter einen Witz ins Ohr, der mal mit einem müden Schmunzeln, mal mit einem lauten Lachen reagierte und sich fast am Kaffee verschluckte. „Was ist ein Keks unterm Baum? Ein schattiges Plätzchen! Und: Warum können Bienen so gut rechnen? Weil sie sich den ganzen Tag mit Summen beschäftigen! Und ein Letzter: Sagt der große Stift zum kleinen Stift: Wachs-Mal-Stift", erzählte Linus.

Die Skatrunde wurde schließlich ein voller Erfolg der Lebensfreude und machte Peter so warmherzig, dass er kaum noch als Eisfrosch zu erkennen war. Peter fielen auch wieder seine alten Witze ein.
„Wo warst du denn so lange?", fragte Carl.
„Ich hatte Termine", sagte Peter ernst und geschäftsmäßig.
„War sie schön?"
Peter winkte ab. „Du weißt doch, meine hohe Position schützt mich vor den Frauen. Sie haben immer extrem viel Respekt vor mir. Ich bin froh, dass ich meine Frau kennengelernt habe, bevor meine Karriere begann", meinte Peter.
Seine drei Skatfreunde hätten es gerne gesehen, wenn die Frauen auch so auf sie schauen würden.
„Dann könnte ich ihnen befehlen, was sie für mich tun sollen", richtete Simon es sich schon im Schlaraffenland ein, der mit 48 Jahren immer noch Single war – vermutlich aufgrund seines überzeugten Computer-Nerd-Daseins.
„Die würden dir schon zeigen, wo es lang geht", warf Nick ein, der mit einer Lehrerin verheiratet war, die jedes Klischee in Sachen Besserwisserei erfüllte. Und als sie so darüber plauderten, wurde Peters Herz noch leichter, dass er es gut getroffen hatte mit seiner schönen Madeleine.

„Was macht eigentlich dein Versager-Sohn?"
Carl stupste ihn in die Rippen.
Entgeistert glotze Peter ihn an. „Wieso Versager?"
„Du hast dich doch immer so über ihn aufgeregt, dass er so sensibel ist und niemals Chef wird, wenn er weiter so ein Weichei bleibt."
Als die Worte in Peters Ohr drangen, erklärte Linus leise: „John wäre der letzte Punkt auf meiner Liste."

Und laut sagte Peter: „Da war ich aber hart gegenüber John. Er ist ein feiner Kerl, sehr verantwortungsbewusst und hilfsbereit. Vor kurzem ist mein Auto stehen geblieben. Die Tankanzeige hat verrückt gespielt. Und weil er das wusste, hat er mir einen Kanister Benzin in den Kofferraum gelegt. Das ist mir zum Glück wieder eingefallen, als ich mitten auf dem platten Land stand."
„Feiner Zug", bestätigten alle und nickten. „Vielleicht solltest du ihn diesen Sinneswandel auch spüren lassen", gab Carl einen Tipp, den nur Freunde äußern dürfen. Peter nickte und lenkte das Gespräch wieder auf die leichten Dinge des Lebens: „Gute Karten! Ich reize mit 20!"

In diesen Tagen wehte der Wind von Oklahoma mild und warm, wie es sich für einen ordentlichen Frühlingswind gehört. In Peters Haus roch es nun überall nach Zimt, als hätte er tagelang Plätzchen gebacken. Da wusste Linus, dass er mit seiner Vermutung richtig gelegen hatte. Er würde den großen Zauberer vom Nelson Spring Creek später fragen, warum er ausgerechnet Zimt gewählt hatte oder ob es nur ein Trägerstoff gewesen war, der das Zaubermittel vom Fluss hierher nach Oklahoma City getragen hatte. Die letzte Aufgabe für Peter, Mr. Big Manager of American Insurance, war auch die Schwerste. Aber jetzt war Peter bereits gestärkt durch die schönen Erlebnisse mit seiner Frau und seinen Freunden. Zumindest in diesen Lebensbereichen hatte er mit Linus' Hilfe alles wieder auf den rechten Weg gebracht.

John war Peters einziger Sohn und er war gar nicht so, wie Peter sich seinen Sohn vorgestellt hatte. Er wusste

nicht, nach wem er kam, er war ein richtiger Künstler und würde niemals eine hohe Position bekleiden. Das verabscheute Peter zutiefst. Er hatte etwas in der Erziehung falsch gemacht.
Wie er damit umging? Gar nicht. Er mied John, so gut er konnte, um ihn nicht ständig seine Enttäuschung spüren zu lassen. Nur lästige Aufgaben, wie die Reparatur des Autos, gab Peter an ihn ab. Irgendwo, in einer entfernten Ecke seines großartigen Managergehirns, wusste er, dass er nicht im Recht war.

„Du weißt, was heute ansteht", fragte Linus seinen Zögling.
Peter nickte.
„Wir werden John heute in seinem Atelier besuchen."
Peter schlug vor zu laufen, anstatt mit dem Auto zu fahren. Er wollte seine Nase noch mal in den Wind halten, der heute so gut roch und so herrlich mild war – wie damals im ersten Urlaub, den er mit Madeleine in Italien in Neapel verbracht hatte. Peter sog die laue Luft tief ein.

Als sie bei Johns Atelier ankamen, klopfte Peter an die Tür, aber keiner öffnete. „Die Tür ist offen", schätzte Linus. Peter drückte die große weiße Tür auf und ging die Treppe rauf zu Johns Malraum, der vom Sonnenschein durchflutet war. Sein Sohn stand an der Staffelei und war völlig darin versunken, ein Bild zu malen. Ein Segelschiff fuhr auf tosenden Wellen an einem Leuchtturm vorbei. Es war wunderschön. Peter blieb wie angewurzelt im Türrahmen stehen. Es berührte ihn. Das Bild sprach von Aufbruch und Abenteuer, aber auch von Heimat, zu der das Schiff zurückkehren würde. John malte die letzte weißgraue Wolke, die so aussah, als würde sie sich in wenigen Stunden entladen.

Peter betrachtete seinen Sohn und sah Erfüllung, vielleicht sogar Glück. Er schien mit seiner Arbeit zufrieden zu sein. In diesem Moment spürte er, was er eigentlich schon länger wusste: Dass seine Lebensziele nicht für alle anderen galten, und dass offenbar auch andere Wege glücklich machten. Und er war auch ein bisschen stolz auf seinen Sohn, dass er seinen Weg unbeirrt gegangen war, obwohl er ihn nur daran gehindert hatte. Plötzlich wurde ihm bewusst, dass sie doch gar nicht so verschieden waren, und dass John doch etwas von ihm hatte: Einen starken Willen, der einen antreibt, das zu tun, was man sich vorgenommen hat. Das war eine ungeheure Kraft.

Peter war unbemerkt geblieben und wollte wieder gehen. Für ihn war alles geklärt, und er wollte nicht zu rührselig werden. Aber Linus hustete laut und verstellte seine Stimme, sodass sie wie Peters klang. „Das Bild ist wunderschön", sagte Linus mit Peters Stimme. Als John sich umdrehte, verriet Peters Gesicht, dass er den Tränen nahe war.
John machte einen Schritt auf seinen Vater zu. „Ich sehe, du meinst es ernst." Er legte Pinsel und Farbbrett zur Seite, wischte sich die Hände am Kittel ab und sagte: „Es ist für dich. Du magst doch so gerne Schiffe."
Jetzt floss eine Träne an Peters Wange herunter, und er war völlig aufgelöst. Linus zündete die warme Kerze an und sagte: „Ich bin da."

John bedeute ihm zu folgen und sperrte einen großen Lagerraum auf. Und als Peter die Bilder sah, fing er richtig an zu weinen. Es waren Boote im Hafen, Piratenschiffe auf hoher See, prächtige Segelschiffe an der italienischen Amalfiküste. „Ich habe sie alle für dich gemalt." Er sagte es nicht, meinte aber: „So konnte ich wenigstens in der Kunst mit dir verbunden sein."

Peter machte drei Schritte auf seinen Sohn zu, die ihm ewig schienen, bevor er ihn umarmte und weinte, als würde er im nächsten Moment zusammenbrechen. So standen sie und hielten sich in den Armen. Peter sagte, es tue ihm leid. Damit bat er auch für die Fehler und Versäumnisse der vergangenen Jahre um Verzeihung und er hoffte, dass John das spürte.

„Dank vieler Gespräche mit guten Freunden habe ich es überlebt und jetzt bin ich froh, dass wir das hier erleben", sagte John. Er ahnte nicht, dass sein Vater jetzt stolz auf ihn war. Daher sagte er: „Du kannst auch ein wenig stolz auf deinen sensiblen Künstlersohn sein." Peter winkte ab, als wären diese Sätze nicht mehr nötig, aber John sprach weiter. „Ich habe im nächsten Jahr eine Ausstellung in der Bank of America. Das hat noch kein 28-Jähriger geschafft. Daher bekomme ich auch den Preis für den besten Nachwuchskünstler von Oklahoma."

John war ganz beschwingt. In den vergangenen Jahren hatte er als Grafikdesigner gearbeitet. Ein Brot-Job, der immerhin mit seiner Leidenschaft verwandt war. Gemalt hatte er nachts. Das war nun vorbei, jetzt konnte er das leben, was er war.

„Ich bin stolz auf dich, dass du an deinem Traum festgehalten hast. Und jetzt bin ich mit einer Berühmtheit verwandt, unglaublich", sagte Peter und nahm seinen Sohn von der Seite in den Arm, tätschelte seine Schulter väterlich.

Es wurde Sommer und das Korn begann auf den Feldern zu reifen. Für Linus war es Zeit zu gehen. „Hey Eisfrosch, ich kehre heim", verabschiedete er sich, nahm seine Lampe und bat Peter, ihn in den kräftigen Wind zu stellen.

„Ich bin kein Eisfrosch mehr und nicht mehr wechselwarm. Zumindest bleibt meine Herzenswärme jetzt stabil", meinte Peter.

Am Humor muss er noch arbeiten, dachte Linus, aber nickte zustimmend.

„Danke", flüsterte Peter, als wäre es ein Geheimnis, das verfliegt, wenn man es zu laut ausspricht. „Du wirst mir fehlen."

„Du mir auch. Und wenn es mal wieder nach Zimt riecht und schmeckt, denk an den großen Zauberer vom Nelson Spring Creek und überprüfe deine Betriebstemperatur."

Peter stutzte. Ach, deswegen hatte er so viel Zimt gegessen?

Linus breitete seine Flügel weit aus, damit sie ihn nach Hause trügen an den Fluss, wo der große Zauberer schon auf ihn und neue Wunschzettel wartete. Peter hielt den kleinen Mann mit der klitzekleinen Kerze in die Höhe, und der zauberhafte Wind von Oklahoma trug ihn davon. Als Peter Linus lange hinterher geschaut hatte, bis er den kleinen schwarzen Punkt gar nicht mehr erkennen konnte, merkte er, dass eine klitzekleine Träne so groß wie Linus seine Wange herunter rann. Er lächelte und war frohen Mutes.

Peter fühlte sich wie einer seiner Helden aus den alten Comic-Heften, doch da wurde er von einem Quaken aus seiner Aufbruchsstimmung gerissen. Vor ihm saß ein Frosch, der blau war, und glotze ihn an. „Bist du ein Eisfrosch?" Der Frosch guckte und quakte als Antwort. Es war ein zauberhaftes Wesen, kein anderer Frosch hätte sich auf die Hand nehmen lassen. Peter nahm ihn mit nach Hause und baute ihm im Garten einen Tümpel mit eiskaltem Wasser und eine kleine Froschhütte, in der eine rote Wärmelampe hing. Der Frosch blieb immer bei ihm, und Peter pflegte ihn wie einen Teil von sich, mit dem er Freundschaft geschlossen hatte. Und wenn ihn jemand darauf ansprach, sagte er stets: „Haustiere sehen ihrem Besitzer oft ähnlich. Aber ich sorge gut für den Frosch, sodass er immer schöner wird."

Der rote Rubin

Jannik wälzte sich im Bett. Er konnte nicht schlafen. Schließlich öffnete er genervt die Augen und schaute durch das Fenster in den sternenklaren Himmel. Jetzt, im Spätsommer, waren viele Sternschnuppen zu sehen. Wenn er sich doch einfach an eine dranhängen könnte. Er würde ein Lasso auswerfen, warten, bis sich die Schlinge um den Sternschnuppenkopf zuzieht und dann die Fersen wie beim Wasserski in den Boden stemmen und sich von einem Kontinent zum nächsten ziehen lassen. Stattdessen kuschelte er sich enger in die Decke und zog sie bis zum Kinn hoch, sodass er überall von dem weichen Stoff umgeben war. Plötzlich baumelte ein Strick vor seinem Fenster. Träumte er? Er schlug die Bettdecke zur Seite, sprang auf, rannte zum Fenster und öffnete es. Als er an dem Seil hochblickte, sah er das Ende nicht, das irgendwo hoch oben sein musste. Sollte er sich trauen? Das Seil zuckte und bewegte sich von ihm weg.

Da überlegte er nicht lange, ergriff es und hielt sich daran fest. Und schon ging es los. Mit Lichtgeschwindigkeit sauste das Seil davon, und Jannik flog immer höher über sein kleines Dorf, dann über die Kreisstadt, schließlich über den Flughafen, von dem aus er schon einmal abgereist war. Es war schön, all die kleinen Lichter von oben zu sehen. Das Rathaus wirkte plötzlich wie aus Legosteinen erbaut, und der Reitplatz, wo seine Schwester jeden Tag ausritt, war nur noch so groß wie eine Streichholzschachtel. Das ganze Dorf schien in eine Schneekugel zu passen. Als er in den Himmel schaute, sah er in der Ferne einen glühenden Streifen wie in Zeitlupe herunterfallen. Noch eine Sternschnuppe. Er kniff die Augen zusammen und wünschte sich etwas.

Jannik hoffte inständig, dass er gerade von einem Zauberer entführt wurde, sodass er morgen nicht zum Scheidungsrichter musste. Seine Eltern wollten sich trennen. Sein Vater sagte, seine Mutter erdrücke ihn mit ihrer Liebe. Das hatte Jannik nie verstanden, bis sein Vater ausgezogen war. Jetzt stürzte seine Mutter sich auf Jannik und drückte ihn jedes Mal zu feste, wenn sie ihn in den Arm nahm. Aber deswegen gleich die Scheidung? Das hätte Jannik am liebsten verhindert.

Jannik band sich das Seil auch um die Füße, so stand er bequem wie auf einer Leiter. Er genoss den Fahrtwind im Gesicht. Wenn er das in der Schule erzählte, würden sie ihn für verrückt halten.
„Du musst nicht alles weitererzählen", schoss ihm die Stimme seines Opas durch den Kopf.
Manche Dinge müsse man still genießen, sonst würden zu viele Menschen neidisch. Die Eitelkeit des Menschen sei der häufigste Antrieb für schlechte Taten. Opa hatte sich mit Neid ausgekannt, denn er war Bürgermeister gewesen und hatte ständig mit Anzugmännern zu tun, die etwas von seinem Ruhm abhaben wollten. Beim Gedanken an Opa wurde Jannik immer warm im Bauch. Aber er wurde auch immer ein bisschen traurig, weil Opa jetzt schon seit einem Jahr im Himmel war. Aber er hatte Jannik gut vorbereitet und ihm genau die Stelle gezeigt, zwischen dem großen Wagen und dem Nordstern,

die er als seinen Sternenplatz schon im Voraus bei den Engeln gemietet hatte. Es war ein heller großer Stern, von dem Opa jede Nacht herunterschaute.
„Und wenn du nicht schlafen kannst, gieß ich noch mehr Öl in den Stern, sodass das Licht heller leuchtet und du mich besser sehen kannst."
Jannik suchte nach Opas Stern, aber er hatte vollkommen die Orientierung verloren. Er flog über hohe Berge, die mit großen Bäumen bewachsen waren und im schwachen Mondschein wie dunkle Riesen mit Oma-Dauerwelle aussahen. Vor einem Berg hielt das Seil plötzlich an. Jannik sprang auf einen Felsen ab. Die Fahrt mit dem Seil war zu Ende. Jetzt hatte er doch ein wenig Angst, alleine im Dunkeln.

„Wer ist da?", rief eine tiefe Männerstimme. „Hat die Sternen-Feuerwehr wieder jemanden vorbeigebracht?", murmelte jemand nun leiser, aber noch hörbar.
Eine Sternen-Feuerwehr? Jannik hatte nicht gewusst, dass es so etwas gab. Wenn ein Stern ihn hergebracht hatte, musste er sich nicht verstecken.
Vor ihm tauchte jetzt ein Riese auf, drei Mal so hoch und vier Mal so breit wie Jannik. Er trug eine braune Kutte wie ein Mönch mit einem Strick in der Mitte, genau wie der, an dem Jannik sich festgehalten hatte. Er sah nicht gerade gepflegt aus mit seinem krausen, langen Haar. An seiner Brust glitzerte ein roter Rubin in goldener Fassung.
„Hallo mein Junge. Ich bin Simm, ich wohne hier in den Bergen."
Er bot an, ihn mit zu seiner Höhle zu nehmen, wo ein Lagerfeuer brennen würde. Jannik hatte ein bisschen Angst. Er konnte ja nicht hier bleiben, seine Eltern würden ihn ausschimpfen, weil er nicht

Bescheid gesagt hatte, bevor er verschwunden war. Sie würden sich Sorgen machen.
„Habe keine Angst. Vor Morgengrauen, noch bevor deine Mutter die Kaffeemaschine anschaltet, liegst du wieder in deinem Bett und wirst von ihr geweckt werden", sagte der Riese, als habe er Janniks Gedanken gelesen.

Simm führte Jannik zu seiner Höhle, die aus großen grauen Steinen gebaut war, wie überdimensionale Kieselsteine sahen sie aus.
„Diese Steine sind perfekt, man kann ohne Ausrüstung daran hochklettern, weil sie so schön geformt sind – wie eine Kugel mit eingebauten Treppen", sagte Simm.

Als Jannik in die Höhle blickte, sah er, dass ein Gang ins Innere führte.
„Schau ruhig mal da rein!"
Kaum war Jannik fünf Meter in das tiefe Schwarz gegangen, erblickte er in einer weiteren Höhle ein Gewölbe mit kleinen Lichtern, als wäre es ein Sternenhimmel. Eine Sternenformation, etwa den großen Wagen, konnte er aber nicht erkennen.
„Ist das ein Art Planetarium?", rief er Simm zu.
„Glühwürmchen! Schön, nicht wahr? Und die können noch mehr. Komm wieder zurück, ich zeig dir was!"
Jannik gehorchte. Als er am Lagerfeuer war, rief Simm: „Fertig machen zur Kutsche!"
In Windeseile lösten sich alle Glühwürmchen von der Decke und sausten vor den Höhleneingang. Der Schwarm formte eine Kutsche.
„Einsteigen bitte. Wir machen eine Spritztour!", sagte Simm und machte eine einladende Handbewegung.
Die Glühwürmchen, die eine Kutschentür bildeten, flogen so, dass sie sich öffnete. Jannik lachte, das

war ja unglaublich. Dass die Glühwürmchen Jannik trugen, konnte er sich gerade noch vorstellen, aber Simm wog bestimmt so viel wie eine ganze Kuh.
„Unter uns fliegen die Hochleistungswürmchen. Ich gebe ihnen extra Kraftfutter, damit sie mehr Energie haben."
Er hob eine Packung mit getrockneten Fliegen hoch.
„Und wenn sie zwischendurch eine Kraftstoff-Nachfüllung für ihren Tank brauchen, haben wir Leckerlis dabei", sagte er mit einem Augenzwinkern. „Aber nicht während der Fahrt füttern, sonst können sie sich nicht konzentrieren!"
Jannik hoffte, dass es bald losgehen würde, so gespannt war er auf die Fahrt durch die Lüfte.
„Tür zu!", rief Simm mit sonorer Stimme, und die Tür-Glühwürmchen flogen zurück in den Rahmen. Die Kutsche setzte sich in Bewegung. Als würden sich hundert kleine Tischtennisbälle unter Janniks Popo bewegen, flogen sie davon in die Wolken.

„Können wir in den Himmel fahren?"
Simm verneinte, durch das Tor käme man erst, wenn man tot sei, aber über den Wolken und mittendurch könnten sie fliegen.
„Und können wir einen Stern besuchen? Wo mein Opa wohnt?"
„Hat dein Opa einen Stern gebucht? Aber dann ist er ja ... ach, deswegen bist du ... ach, dann bist du DER Jannik. Mir hat wieder keiner Bescheid gesagt, dass du schon kommst", beschwerte Simm sich ins Nichts.
„Wie, was meinst du? Wer bin ich denn? Opa hat den Sternenplatz gebucht, als er noch lebte", sagte Jannik.
„Gut, zu den Sternen können wir fliegen. Greif mal in die Schublade unter deinem Sitz, da findest du einen Plan, auf dem eingetragen ist, wer auf welchem Stern

wohnt. Dann besuchen wir deinen Opa." Jannik öffnete die Schublade aus Glühwürmchen. Sie breiteten den Plan aus und fanden Opas Namen auf Anhieb. Jannik Hase. Jannik trug denselben Namen wie er.

„Alles klar, er wohnt auf dem Stern Xiko, mit den Koordinaten 1/2/5/9", bestimmte Simm die geographische Lage, indem er die Linien des Rasters bis zum Ende der Karte verfolgte. Jannik packte die Karte nur widerwillig zurück in die Schublade. Es war viel zu spannend, die ganzen Sterne-Koordinaten und Namen zu lesen.
„Auf zu 1/2/5/9", rief Simm, und die Glühwürmchen flogen los.
„Wieso hast du gesagt: Ach, ich sei DER?", fragte Jannik.
Simm schaute aus dem Fenster und spitzte die Lippen, als hätte er nichts gehört.
„Simm, wieso hast du gesagt …", bohrte Jannik nach, aber Simm unterbrach ihn.
„Ist ja gut. Ich erzähle es dir ja. Ich wollte es dir noch ein bisschen ersparen."

Simm fasste sich an seine Rubinenkette. Das sei der Rubin, der Liebe stifte. Gerate er in die falschen Hände, könne Satan bewirken, dass die Menschen sich zu Tode liebten, also dass sie sich vor Liebe erdrückten, und dass jeder sogar denjenigen lieben müsse, den er nicht ausstehen könne. Die Menschen zu lieben, die man nicht mag, würde sie quälen und in die Verzweiflung treiben, bis sie sich selber umbrächten.
„Aber Liebe ist doch schön", merkte Jannik an.
„Aber nicht, wenn man die Liebe als Waffe einsetzt, um die Menschen zu quälen. Das ist eine Erfindung des Satans."

Eines Tages, so erklärte Simm weiter, habe Satan in Gestalt einer schönen Frau den Rubin auf die Erde gebracht, und Janniks Uropa sei an diese Frau geraten. Der Uropa war ein Sheriff und spielte sich als Held auf. Aber Satan hatte sich bei seiner Wahl geirrt. Denn bösartig war der Uropa nicht, und so entfaltete der Rubin niemals seine Wirkung. Er wurde in Janniks Familie von Generation zu Generation weitergegeben und immer um den Hals getragen, um ihn zu schützen. Aber Janniks Opa hatte den Rubin eines Nachts auf dem Nachttisch abgelegt, als Satan bei ihm einbrach und die Kette an sich riss.
„Ein Tag lang war die Hölle auf Erden."
Simm schlug die Hände über dem Kopf zusammen und strich sich über die Stirn.
„Die Macht des Rubins war noch viel stärker als gedacht. Die Menschen wurden nicht nur gefoltert, indem sie ihre Feinde lieben und Nase rümpfend und angeekelt mit ihnen Seite an Seite gehen mussten. Nein, sie mussten auch ihre Familie und Freunde perfekt finden und mit Liebe erdrücken. Satan wollte alles zerstören. Mütter verhätschelten ihre Babys so sehr, bis sie brüllten und mit einem roten Kopf zerplatzten. Liebespaare mussten alles an dem Partner perfekt finden und durften keine Männer-Frauen-Witze mehr machen. Sie mussten sich so sehr verehren, dass sie reihenweise in den Fluss sprangen. Und gute Freunde wurden gezwungen, sich so sehr zu lieben und alles aneinander gut zu finden, dass es widernatürlich war und die kleinen Scherze, mit denen sie sich früher aufgezogen hatten, unterdrückt werden mussten. Viele stürzten sich händchenhaltend von einem hohen Turm herunter.

Allen wurde die Liebe zur Qual. In letzter Sekunde hat dein Opa Gott um Hilfe gebeten, der das Stern-

schnuppenkommando orderte. Es fielen so viele Sternschnuppen vom Himmel, dass alle Menschen für drei Sekunden in den Himmel schauten und kurz aufhörten, sich mit Liebe zu erdrücken. Sogar Satan blickte nach oben. Er hätte es besser nicht getan. In diesem Moment riss dein Opa ihm die Kette aus der Hand, ich kam mit der Glühwürmchenkutsche und wir sausten ein Jahr lang durch die Welt, um unsere Spur zu verwischen. Satan hat uns nicht gefunden."
Und jetzt sei der Generationenabfolge nach Jannik, seine Mutter oder sein Vater an der Reihe, den gefährlichen Stein an sich zu nehmen und in den tiefen Brunnen von Eroma zu werfen, damit er dort verglühte.
Jannik schluckte. Den Rubin vor Satan zu schützen – das hörte sich nicht nach einer leichten Aufgabe an.
„Wieso ausgerechnet ich?"
„Gott traut es dir zu und hat dich auserwählt. Offenbar bist du zurzeit aus deiner Familie der Stärkste. Und jetzt sammele deine Kräfte. Wir reiten nur noch wenige Minuten durch den Sternenhimmel, bis wir ankommen", sagte Simm.
Jannik freute sich schon, Opa endlich wiederzusehen.
„Und denke daran, Jannik. Satan hat viele Gesichter. Er kann sich in alles verwandeln. Lasse dich niemals täuschen", warnte Simm und schaute in die sternenklare Nacht. Sie würden gleich da sein. Ruhig rollten die Glühwürmchen als Kutsche durch den wolkenlosen Himmel.

Jannik sah Opa schon von Weitem winken. Er weiß doch gar nicht, dass ich komme, wieso steht er dann schon bereit, fragte er sich. Aber klar, Opa hatte von seinem Stern aus alles im Blick. Jannik konnte gar nicht schnell genug aus der Kutsche aussteigen,

rannte auf Opa zu, und sie umarmten sich lange. Simm hielt sich höflich im Hintergrund. Opa, der ein weißes Nachthemd trug, veranstaltete eine kleine Führung durch sein bescheidenes Heim. Sein Stern war genau wie die Erde ein Planet, nur viel kleiner. So klein, dass nur sein Haus darauf Platz hatte. Der Stern strahlte hell.
„Wie kannst du bei dem Licht schlafen?", fragte Jannik.
„Opa muss jetzt nicht mehr schlafen."
„Den ganzen Tag nicht? Und was machst du dann? Ist doch voll langweilig!" Jannik war erstaunt. Opa erklärte, dass er von Glückseligkeit erfüllt sei und all diese irdischen Beschäftigungen nicht mehr brauche. Er würde nach seiner Familie schauen, ab und zu mit den Engeln plaudern und das tun, was er auf Erden schon immer hatte tun wollen, aber wofür er nie Zeit gehabt hatte: Die ganzen Klassiker der Weltliteratur lesen. Er zeigte auf eine Bücherwand.
„Die sind aus der himmlischen Bibliothek ausgeliehen. Einmal im Monat kommt eine fahrende Bibliothek in einer Kutsche vorbei und bringt neuen Stoff", scherzte er. Außerdem hätte jeder Sternenbewohner die Aufgabe, die Sternenlandkarte, die sich täglich veränderte, neu zu malen. Er zog eine große Schublade auf, in der Hunderte von Plänen lagen.
Plötzlich jaulte etwas.
„Das ist mein Hund. Ich habe ihn im Keller eingesperrt. Er ist ein bisschen wild", sagte Opa. Das wunderte Jannik. Auf der Erde hatte Opa Hunde geliebt und hätte nie einen eingesperrt.
„Zeig ihn mir", bettelte er.
Opa nickte. „Gut, wie du willst. Simm, kommen Sie mit? Sie haben mir den Rubin gebracht, Simm? Er baumelt da so unverhohlen an ihrem Hals."

Simm nickte, aber machte keine Anstalten ihn rauszurücken.

„Schauen wir uns erst den Hund an", winkte Opa ab. Er öffnete die Kellertür und ließ Simm und Jannik vorgehen.

Sie starrten ins Dunkle. Wieder jaulte jemand. Aber es war kein Hund, es klang wie Opa, wenn er ein Klebeband vor dem Mund hatte. Jannik hatte ihn einige Male beim Räuberspielen geknebelt und wusste genau, wie sich das anhörte.

„Du bist gar nicht Opa! Du hast dich nur in Opa verwandelt", erschrak Jannik. In dem Moment stieß Satan sie mit voller Wucht die kleine Treppe herunter und riss den roten Rubin von der Kette.

„Verflucht", schimpfte Simm.

Die Tür schloss mit einem harten Knall.

„Opa?", rief Jannik in die Dunkelheit.

„Hmm", antwortete er.

„Pass auf, Jannik, du weißt nicht, was Satan hier für Fallen aufgestellt hat", warnte Simm. Jannik bewegte sich mit ausgestreckten Armen vorwärts und lief gegen einen Stuhl, auf dem sein Opa saß. Er suchte mit den Händen nach dem Klebeband und riss es ab. Er umarmte ihn und drückte ihn fest.

„Schon wieder ist jemand aus unserer Familie auf den Kerl reingefallen", schämte Opa sich. „Mir hat er heute Oma vorgespielt. Und obwohl ich wusste, dass sie im Altersheim auf der Pflegestation liegt, hatte ich sie mir so sehr auf meinen Stern gewünscht, dass ich es geglaubt habe."

„Satan ist geschickt. Machen Sie sich keine Vorwürfe. Aber den Rubin hat er bei Ihnen nicht gefunden, daher war er verärgert und hat sie eingesperrt", sagte Simm.

Jannik wunderte sich, dass Satan sie so unvorsichtig weggesperrt hatte. Sie lauschten, ob Satan wirklich weg war. Draußen war es still. Da rammte Simm die Tür auf, die unter seiner Masse zusammenkrachte. Draußen hatten sich die Glühwürmchen zwischen den Sternen vor Satan versteckt. Simm rief sie zusammen, und sofort formierten sie sich zur Kutsche.
„Wenn Satan jetzt auf der Erde die Macht des Steines ausspielen würde, wäre das doch gut für meine Eltern. Man liebt doch dann seine Feinde. Vielleicht lassen sie sich dann doch nicht scheiden", mutmaßte Jannik.
Sobald der Zauber vorbei sei, würden alle Menschen das Geschehene vergessen, erklärte Simm. Daher würde es nicht helfen.

Als sie auf der Erde ankamen, war es Nacht – kurz vor zwölf – und noch alles in Ordnung. Keine brennenden Autos auf den Straßen, keine eingestürzte Häuser oder zankende Mütter.
„Satan hat noch nicht zugeschlagen", flüsterte Simm. „Er braucht die Begleitung einer lebenden Person aus der Rubinträger-Familie, wenn er die Macht des Steines verstärken will."
„Mama!", rief Jannik.
Mit Sicherheit würde Satan es bei ihr versuchen. In Windeseile fuhren sie zu Janniks Wohnhaus und hielten vor Mamas Schlafzimmer. Sie lag in ihrem Bett und schlummerte fest. Dann Papa? Jannik hatte mitbekommen, dass Mama ihn ein paar Mal ausgeschimpft hatte, weil er in der Kneipe gewesen war.
„Wir müssen schnell zur Goldenen Kupferkanne. Da ist Papa bestimmt", rief Jannik.
Simm, Opa und Jannik schlichen sich durch die Hintertür in die Bar. An der Theke saß Papa. In der einen

Hand hielt er ein kühles Bierglas, in der anderen die Hand einer etwa zwanzigjährigen Blondine. Er schien betrunken zu sein.

„Ich möchte, dass du meine rote Rubinenkette auch mal umlegst", säuselte die Blondine, die ganz offensichtlich Satan war. Jannik wartete auf den richtigen Moment. Als Satan dem begeisterten Papa die Kette umhängen wollte, der seinen Kopf in diesem Moment wie jemand neigte, der zum Ritter geschlagen werden sollte, sprang Jannik dazwischen. Er erwischte die Kette und warf sie Simm zu. Der packte Opa am Hemdkragen und rannte zur Kutsche, die bereit stand. Satan schickte ihnen Feuerblitze hinterher, und Simm tänzelte wie eine Ballerina, um ihnen auszuweichen. Jannik lachte, denn er wusste, dass sie es schaffen würden. Alle starrten die hübsche, Feuerblitze werfende Blondine mit offenen Mündern an.

„Kleiner Bursche, eines Tages wirst du schwach sein und dann komme ich wieder", kündigte Satan an. Er verwandelte sich nicht in das hässliche Tier aus den Legenden, sondern stöckelte auf den Pumps davon.

„Was war das denn?", fragte der Vater erschrocken. Jannik antwortete nicht, nahm seine Hand und zog ihn zum Gehen.

„Du solltest lieber bei Mama bleiben. Diese jungen Dinger haben doch immer den Satan in sich", zitierte Jannik einen Spruch aus der Werbung und schmunzelte in sich hinein.

Vater nickte nur und torkelte, auf Janniks Schulter gestützt, nach Hause. Nachts lag Jannik wieder im Bett und merkte erst jetzt, dass er sich gar nicht von Opa und Simm verabschiedet hatte. Ein Jahr würden sie mit der Kutsche umherfahren, um die Spur erneut vor Satan zu verwischen. Jannik ging ans Fenster und schaute zu Opas Stern. Er war sich sicher, dass sie es schaffen würden. Und in etwa einem Jahr würde ein Seil vor seinem Fenster baumeln, er würde auf den Zug Richtung Simm aufsteigen und den roten Rubin verglühen lassen.

Am nächsten Morgen wartete Jannik nicht, bis Mama ihn weckte. Leise schlich er sich ins Schlafzimmer, wo Mama und Papa alle viere von sich gestreckt hatten. Er tippte beide an, bis sie aufwachten. Noch immer fühlte Jannik sich wie ein Held, als könne er alles erreichen, was er wolle.
„Ich will nicht, dass ihr euch scheiden lasst. Ihr dürft euch nicht mit Liebe erdrücken, dann mögt ihr euch auch wieder. Ihr könnt euch doch sicher sein, dass ihr euch liebt", sagte Jannik. Es klang wie ein Schwur.
Ob der Vater jetzt an die satanische Blondine dachte? Auf jeden Fall nahm er Mamas Hand, sah ihr fest in die Augen und fragte, ob sie es noch einmal versuchen sollten. Jannik schlich sich aus dem Zimmer, rief beim Gericht an und sprach auf Band, dass der Termin abgesagt sei.

Der unglückliche Elf

Wenn ihr in das Elfenland reist, werdet ihr euch nicht mehr auskennen. Hier wachsen Blumen in so prächtigen Farben, wie ihr sie noch nie gesehen habt. Auf den Kräuterpflanzen, die jede Krankheit heilen können, sitzen glitzernde Schmetterlinge. Und durch ein Tal, das von saftig grünen Bergen umgeben ist, fließt ein kleiner Fluss.

Am Ufer sehen wir den Elf Alva, der sich gerade die Flügel wäscht. Inmitten des zauberhaften Elfenlandes schaut er traurig drein. In der Elfenschule haben sie heute wieder das „Fröhlichkeitsdiktat" geübt, wie beinahe an jedem Tag, seit sie schreiben können. Der Lehrer hat wie immer diktiert: „Im Elfenland sind alle Elfen glücklich, weil es ihnen an nichts mangelt. Das wissen alle Elfen und fühlen sich der absoluten Fröhlichkeit verpflichtet." Die anderen Elfenschüler dachten nicht weiter darüber nach, aber Alva bedrückte es.

„Dass ich immer glücklich sein muss", sagte er zu seinen Eltern, „setzt mich unter Druck!" Die Eltern gingen mit Alva zum Elfenarzt, obwohl er sich nicht krank fühlte. Der Arzt stellte einen trübsinnigen Charakter fest, wogegen kein Kraut gewachsen war. Eine andere Lösung musste gefunden werden. Da Elfen in einer Gemeinschaft füreinander da sind, sprach er mit dem Bürgermeister vom Elfenland und verordnete dem ganzen Land, Alva aufzumuntern. Alle Elfen gaben sich schrecklich große Mühe, Alva zum Lachen zu bringen und sein Gemüt mit zauberhafter Elfenleichtigkeit aufzuhellen. Sie spielten mit ihm Federball, Fangen im Fliegen und schlugen mit ihm um die Wette mit den Flügeln. Sie erzählten ihm sogar Witze, obwohl sie das eigentlich stillos fanden. Aber es half alles nichts, und Alva fühlte sich nur noch schlechter, weil sich alle so sehr um ihn kümmerten.

Eines Tages ging der erste Elf zum Arzt und klagte über Erschöpfung. Es folgten weitere. Der Elfenarzt stellte beim ganzen Volk Erschöpfung fest und sprach wieder mit dem Bürgermeister. Sie waren ratlos. Als niemand aus dem Elfenvolk mehr wild über die Blumenwiese sprang, sich auf den saftigen Wiesen im Kreis drehte, bis ihm schwindelig wurde, da konnte Alva endlich aufatmen und fühlte sich vom Fröhlichkeitsdiktat befreit. Er wollte nicht, dass die anderen traurig waren, aber nun wusste er endlich die Lösung.

Alva ging zum Arzt und zum Bürgermeister und fragte, ob sie das Diktat abschaffen könnten. Da die Elfen eine Gemeinschaft sind und für jeden ihrer Elfen gut sorgen, wurde das Fröhlichkeitsdiktat aus dem Elfengesetz gestrichen. Und so durfte Alva auch mal traurig sein, ohne gleich zum Arzt gehen zu müssen. Da kam seine unbeschwerte Elfenfröhlichkeit wie ganz von selbst zurück. Genau wie seine Eltern war auch das ganze Elfenvolk erleichtert und erholte sich schnell. Zwanglos sprangen sie wieder vorbei an den Wildblumen, flogen mit den glitzernden Schmetterlingen über die Berge und ließen sich vom Flusswasser durch das herrliche Elfenland tragen.

Zaubernüsse

Die Sonne strahlte hell an jenem Tag. Monatelang hatte sich der Himmel ganz blass gezeigt. Die Wolken waren aschfahl, und es hatte nur geregnet. Endlich hingen keine vertrockneten Blätter mehr trostlos an den Bäumen, sondern die Knospen wuchsen und Vögel kündigten mit lustigen Liedern den Frühling an. Pia erinnerte sich später noch genau an diesen Tag, und wie immer, wenn die Luft nach langen, nassen Wintern wieder milder wurde, hatte sie das Gefühl, aufbrechen zu müssen.

Pia saß an ihrem Schreibtisch und drehte immer wieder eine Haarsträhne ihrer üppigen, honigblonden Locken um den Finger. Sie konnte sich nicht konzentrieren, rutschte auf ihrem Stuhlkissen hin und her und stand alle paar Minuten auf, um sich einen Tee zu kochen oder einen Keks aus ihrer Süßigkeitenschublade zu holen. Dabei musste sie doch für ihre Abschlussprüfung lernen. Die schriftlichen Klausuren hatte sie schon geschafft. Nächste Woche war die mündliche Prüfung, und danach würde sie Diplom-Meteorologin sein. Ihre Mutter hatte sie oft auf den Arm genommen. „Ein bestens ausgebildeter Wetterfrosch wirst du dann sein", hatte sie gesagt und dabei gelächelt.

Als Pia jetzt zum Fenster blickte, anstatt über die Klimaveränderungen seit Beginn der Aufzeichnungen im Jahr 1881 nachzudenken, blieb ihr Blick an dem Fensterbild hängen, das sie im Kindergarten gebastelt hatte. Es war ein Schmetterling aus schwarzem

Pappkarton, ausgeprickelt mit lilafarbenen und roten Flügeln aus Transparentpapier, das jetzt von der Sonne hell durchleuchtet wurde. Das war ein mühseliges Bastelwerk gewesen. Das genaue Ausstanzen mit der Nadel hatte ihr wenig Spaß gemacht, weil es so langsam vorwärts ging. Aber sie hatte es schaffen wollen und sich mit zusammengekniffenen Augen konzentriert. Dem Schmetterling hatte sie damals eine hellrosafarbene Krone aufgesetzt, anstatt Fühler auszustechen. Ihr Blick blieb an dem jetzt hell leuchtenden Rosa hängen. Und da wurde ihr klar, warum sie so nervös war. Der Ring mit dem Rosenquarz! Sie musste ihn bis zur Abschlussfeier finden.

Ihre Mutter hatte Pia den Ring der Großmutter zum Abschluss schenken wollen. Jetzt hatte Pia sich fest in den Kopf gesetzt, den Ring an dem Tag der Feier zu tragen. Dann würde ihre Mutter wenigstens ein bisschen mehr beim Beginn eines neuen Lebensabschnittes dabei sein.

„Schmuck ist wie ein Fliegenfänger, an ihm haften Erinnerungen. Und in der Fremde hast du immer etwas Vertrautes bei dir, was dich an zu Hause erinnert", hatte ihre Mutter gesagt. Ein Jahr war sie nun schon tot und Pia wünschte sich, dass es schon zehn Jahre wären, damit der Schmerz endlich nachlassen würde. Mit 24 Jahren war sie einfach zu jung, ohne Mutter zu leben, fand sie. Eigentlich war man das immer. Aber so würde ihre Mutter weder die Abschlussfeier noch ihre Hochzeit, geschweige denn ihre Kinder erleben. Eine Träne tropfte auf Pias Schreibblock und hinterließ einen dicken, feuchten Fleck. Ihre Mutter hatte ihr immer über den Kopf gestrichen und sie aufgemuntert, wenn große Aufgaben anstanden.

„Das schaffst du!" Pia hatte ihre sanfte Stimme noch im Ohr. Der Zuspruch ihrer Mutter fehlte ihr am meisten.

Pia stand auf. Den Ring hatte ihre Mutter im Sekretär in ihrem Büro aufbewahrt. Wie von selbst bewegte sich Pia jetzt mit leisen Schritten dorthin, als könnte sie sich vor ihrem schlechten Gewissen davonstehlen. Ihre Mutter hatte eine richtige Geheimniskrämerei aus dem Ring gemacht, und Pia hatte sich feierlich gefühlt, obwohl weder Kerzen angezündet waren noch pompöse Musik lief oder sie ein prachtvolles Kleid getragen hatte. Es war die Stimme ihrer Mutter gewesen, die geheimnisvoll von der Schönheit des Ringes sprach und von seiner Geschichte. Ihr Uropa war Goldschmied und hatte das Gold dazu bei einer Exkursion selbst aus einem Bergstollen abgebaut. Er war dafür in die Tiefen eines Berges hinabgefahren, weil er am Verlobungsring für seine Frau wirklich alles hatte selbst machen wollen. Den Rosenquarz hatte er bei einer anderen Reise aus Brasilien mitgebracht. Und er hatte die Einheimischen befragt, wie man diesen Edelstein schleifen könne, damit er besonders viel Wärme ausstrahlt. Dieser Ring war über zwei Generationen weitergegeben worden.

Rosenquarz galt als Stein des Herzens, der die Kraft der Liebe verstärkt und Herzschmerzen linderte. Sollte seine Frau einmal allein sein, würde der Stein Trost spenden, so die Idee des Urgroßvaters.
Pia war sich sicher, dass keiner die Geschichte so gut erzählen konnte wie ihre Mutter. Sofort hatte sie die Tiefen des Bergwerkes vor ihren Augen gesehen, die Dunkelheit in dem Schacht, ihren Uropa mit einer Öllampe in der Hand, wie er auf einem Waggon

hinabgefahren war. Ihre Mutter konnte Geschichten lebendig werden lassen. Vielleicht wollte sie den Ring deswegen jetzt so unbedingt bei sich haben. Damit sie ihre Mutter zum Greifen nahe hatte. Sie hatte immer die Augenbrauen hochgezogen, zwei Mal und schnell, wenn sie etwas Lustiges gesagt hatte und wollte, dass man mitlachte. Und als Pia daran dachte, machte sie es nach und lächelte ein bisschen.

Ganz in Gedanken hatte Pia die halbrunde Abdeckung des Sekretärs hochgeschoben, ein paar Schubladen aufgezogen und zwischen Papieren, Briefen und Postkarten nach etwas Funkelndem gesucht. Plötzlich blitzte etwas auf. Sie schob das ganze Papier zur Seite und griff danach. In ihrer Hand hielt sie die silberne Taschenuhr ihres Uropas. Die Batterie war offenbar einmal gewechselt worden, denn die Uhr tickte rhythmisch. Schnell legte sie alles zurück in die Schubladen. Nach dem Ring musste sie später weiter suchen. Ein Blick auf das über hundert Jahre alte Ziffernblatt hatte ihr gesagt, dass sie zu spät zum Abendessen mit ihrem Freund Jonathan kommen würde, wenn sie nicht sofort aufbrechen würde.

Der Frühlingswind wehte heftig die warme Luft herbei, sodass die Baumkronen sich bogen. Pia wünschte sich, sie wäre nicht mit dem Fahrrad gefahren, so stark musste sie in die Pedale treten. Jonathan wartete schon vor dem kleinen italienischen Restaurant und hielt sein Gesicht in die letzten Strahlen der noch früh untergehenden Sonne. Pia fuhr mit dem Rad zu ihm und stellte sich so vor ihn, dass sein sommersprossiges Gesicht plötzlich im Schatten lag. Da sagte er, ohne zu blinzeln, „Hallo", nahm seine Hände aus den Hosentaschen und fischte immer noch mit geschlossenen

Augen nach ihren Händen am Fahrradlenker. Als er nur die Fahrradklingel fand, die eigentlich für Kinder war und einen Nemo-Fisch aus Gummi darstellte, lachte Pia und reichte ihm eine Hand. Er öffnete die Augen, auf denen nun wieder Sonne lag und die hellgrün leuchteten.

„Da hätte ich beinahe einen guten Fang gemacht!", sagte er und zwinkerte ihr zu. Pia drohte spielerisch eine Backpfeife an, stellte ihr Rad ab, und sie gingen händchenhaltend ins Restaurant. Meine Mutter wird zwar nicht meine Kinder kennenlernen, nicht meine Abschlussfeier oder meine Hochzeit erleben, aber wenn sie weiß, an wessen Seite ich mein Leben verbringe, das ist doch auch schon mal etwas, dachte sie. Und ihre Mutter hatte Jonathan gerne gemocht. Ihre üppige Lockenmähne wippte jetzt mit jedem Schritt fröhlich mit.

Als Pia und Jonathan das Restaurant am späten Abend wieder verließen, geschah etwas Seltsames. Kaum hatte Pia die Restauranttür geöffnet, stürzten alle Fahrräder scheppernd zu Boden, die vor dem Restaurant parkten. „Ich war das nicht", wehrte sie ab und ließ sofort die Türklinke los. „Die Räder standen doch drei Meter von der Tür entfernt", versuchte sie zu erklären und schaute Jonathan fragend an. Der Wind hatte sich inzwischen beruhigt, er konnte die Räder nicht umgepustet haben. Pia schaute zu ihrem Rad, das auch umgefallen war. Das Vorderrad drehte sich, und die bunten Kugeln in den Speichen klickerten mit der Bewegung des Vorderrads.

Pia suchte mit ihrem Blick die Umgebung ab und entdeckte einen frei gewischten Kreis auf einem beschlagenen Restaurantfenster. Es sah aus, als hätte sich jemand ein Guckloch gebastelt. Genau vor ihrem Tisch am Fenster. Pia erschrak. War sie beobachtet worden oder war es nur ein Kinderstreich gewesen? Wieso hatten sie davon nichts gemerkt? Ihr wurde mulmig zumute. War es etwa ein Stalker gewesen, der in letzter Minute geflüchtet war und dabei alle Räder umgeworfen hatte? „Ich bringe dich gerne nach Hause", sagte Jonathan. Noch nie hatte Pia ein Angebot so gerne angenommen.

Eine Woche später heiratete Pias Cousine Mara. Pia saß auf der ungepolsterten Kirchenbank neben Jonathan. Es war eine alte Kirchenbank, wo man zuerst eine Holztür öffnen musste, um in die Reihe zu kommen. Schnitzereien aus Holz drückten sich in Pias Rücken. Genau wie die Woche zuvor, als sie an ihrem Schreibtisch gesessen und zum Fenster geschaut hatte, rutschte sie wieder unruhig hin und her. Sie betastete ihre Hochsteckfrisur, ob sie noch hielt. Alle Locken waren in einen krausen Dutt gebändigt.

Seit der Beerdigung ihrer Mutter fühlte sich Pia in Kirchen unwohl. Die grauen Wände spendeten ihr keinen Trost, die dunklen Holzbänke wirkten finster, und die Lieder füllten die Kirchenräume nur deshalb mit warmen Klängen der Sicherheit, weil sie Pia durch das jahrelange Messedienen vertraut waren. Pias Augen suchten die Kirchenwände nach etwas ab, das Heil versprach. Die Kreuzwegstationen Jesu hingen dort in 14 Bildern gemalt. Sie schaute sich weiter um. Rosafarbene Linien verzierten die mächtigen Säulen und gingen in zarte Blumenmalerei auf. Der Altar war mit weißen Rosen geschmückt. In Gold mit rosa-, rot- und lilafarbenen Steinen erstrahlte die Monstranz. Jonathan folgte ihrem Blick. Sie hatte ihm von dem Ring erzählt. „Wenn man einmal seine Wahrnehmung geschärft hat, sieht man nur noch rosafarbene Steine", versuchte er sie zu trösten und streichelte ihre Hand. Wieder war Pia den Tränen nahe. Da dröhnte die Orgelmusik lautstark in ihren Ohren.

Die ganze Kirche hatte darauf gewartet, dass Mara in einem weißen Kleid von ihrem Vater in die Kirche geführt würde. Jetzt wendeten alle ihre Köpfe zum Eingangsportal. Auch wenn der Organist ordentlich in die Tasten griff, hörte man genau, dass alle anderen ganz leise waren, als würden sie die Luft anhalten. Da schritt Mara herein. Jetzt entfaltete die hohe Kirche ihre ganze Wirkung. Ihre Cousine sah sehr elegant aus. Das Farbenspiel der bunten Fenster verlieh dem Einschreiten noch mehr Feierlichkeit. Pia musste mit den Tränen kämpfen. Das war ihr peinlich vor all den Leuten. Sie versuchte, an etwas anderes zu denken.
Plötzlich kam aus den zwei vorderen Seiteneingängen Qualm. Es roch nach Weihrauch.
„Sind das Special Effects?", flüsterte Jonathan.
In wenigen Minuten war die ganze Kirche verqualmt.
„Jetzt sehen wir die Braut nicht mehr!", rief einer.
Maras Oma und andere Gäste fingen an zu husten. Pia blickte sich um. Irgendetwas war doch gerade durch die leere Bank hinter ihr gehuscht. Nervös suchte sie alles mit den Augen ab.
Da flüsterte eine Stimme: „Ich bin da!"
Pia erschrak. „Hast du das gesagt, Jonathan?"
„Was, ich? Was denn?"
Pia blickte sich noch einmal um. Nichts. Als Maras Oma noch heftiger hustete, eilten zwei Männer zu den Türen und rissen sie auf, sodass der Rauch abziehen konnte. In diesem Moment klappte eine Beichtstuhltür zu. Pias Blick klebte an dieser Tür. Am liebsten hätte sie nachgeschaut, traute sich aber nicht. Als der

Qualm vollständig abgezogen war und nur noch ein ordentlicher Weihrauchgeruch in der Luft lag, schritt Mara weiter in ihrem prachtvollen Kleid Richtung Altar. Und Pia vergaß einen Moment lang alles, den Qualm, den Ring, ihre Mutter und sogar die Leute. Jonathan drückte zärtlich ihre Hand. Da musste sie dann doch weinen.

Als Pia am nächsten Tag wieder am Schreibtisch über den Büchern saß, hörte sie Geschirr in der Küche scheppern. Was war das wieder für ein Spuk? Sie stand auf und ging schnell zur Küche. Weil sie die Türklinke nicht so schnell runterdrückte, wie sie ihren Körper dagegen stemmte, rammte sie die Tür. Schließlich entdeckte sie, dass der halbe Küchenschrank leer war und das Geschirr zerbrochen auf dem Boden lag. Pia schaute, ob etwas locker saß. Tatsächlich: Eine Halterung hing schief, hatte sich offenbar gelöst und so den Schaden verursacht. Sie war doch nicht verrückt, und das hier war kein Hexenzauber.
Pia fegte die Scherben zu einem Haufen zusammen. Inmitten des Geschirrs entdeckte sie eine Nuss, die von Goldstaub überzogen war. „Mamas alte Deko!", dachte sie, fischte die Nuss aus dem Scherbenhaufen und steckte sie in die Tasche. Pia schaute zum Fenster raus. Draußen schien es sehr neblig zu sein. Und das mitten am Tag im Frühling! Seltsam, wunderte sie sich.

Später saß sie wieder am Schreibtisch und spielte gedankenverloren mit der Nuss. In ihrem Ärger darüber, sich die Jahreszahl, wann die erste Wetterstation aufgebaut worden war, nicht merken zu können, drückte sie zu fest zu und zerbrach die Nuss in ihrer Hand.
Sie merkte nur noch, wie ihr Kopf auf den Schreibtisch sank.

Eine halbe Ewigkeit später, so kam es ihr vor, erwachte sie ausgeschlafen, reckte und streckte sich. Aber sie saß nicht mehr in ihrer Wohnung, an ihrem Schreibtisch. Vor sich sah sie einen strahlendblauen Himmel mit Schäfchenwolken. Das Komische war nur, dass sie auf der gleichen Höhe wie die weißen Wolken war. Sie schaute nach unten und erschrak, als sie nur noch mehr Wolken sah. Sie saß sogar auf einer Wolke. „Das ist nur ein Traum", beruhigte sie sich und holte tief Luft. „Wolken sind ja nur Wasserstoff, also Gas, darauf kann man nicht sitzen." Und doch war diese Wolke bequemer als jeder Ohrensessel.

„Aua", rief etwas. „Du sitzt auf mir. Runter!" Pia erschrak, stand auf und trat von der Wolke herunter, fiel aber sogleich ins Bodenlose. Sie kreischte laut. Schnell kam die Wolke angeflogen und fing Pia wieder auf.
„Ich habe noch nie so einen ängstlichen Schrei gehört!", sagte die Wolke, und es hörte sich beinahe bewundernd an. „Dann bleib halt sitzen. Du kannst ja offenbar nicht fliegen." Die Wolke verwandelte sich nun von einem flauschigen Wollknäuel in eine Menschengestalt, stellte sich mit dem Namen Ferdinand vor und streckte Pia eine qualmige Hand hin. Sie zögerte, drückte sie dann aber doch. Es fühlte sich beinahe an wie im Dampfbad. Pia war sprachlos vor Angst.
„Fürchte dich nicht. Du bist bei den Guten gelandet. Die Bösen sind im Feuersee unten", sagte Ferdinand. Obwohl er nur eine Wolke war, merkte Pia doch, dass er plötzlich innehielt. „Ich kenne dein Gesicht. Du siehst meiner Bekannten, die auch eine Wolke ist, sehr ähnlich. Aber wie kommst du überhaupt ins Geisterreich? Hier sind eigentlich nur Tote, und die sehen alle aus wie ich."
„Die Wolken-Bekannte ist Mama?", stammelte Pia und

ihre Stimme klang wie die eines dreijährigen Kindes, das sich im Supermarkt verlaufen hat und zwischen den Regalen umherirrt.
„Keine Ahnung! Du kannst sie ja suchen. Die hatte auch mal so einen Lockenkopf wie du und war Physikerin. Ich habe ihr erst vor kurzem den Hintern gerettet, als ein Eichhörnchen ihre Nuss vor einem Restaurant geklaut hat. Im Kampf um die Nuss hat sie alle Räder umgeschmissen. Das war ein Krach, den man fast bis hier oben hören konnte! Sie hat mich auf der Erde gefunden und beim nächsten Mal habe ich ihr eine neue Nuss gebracht", sagte Ferdinand und schmunzelte.

Pia schluckte und erinnerte sich an die umgefallenen Räder und die freigewischte Stelle auf dem beschlagenen Restaurantfenster.
Erst jetzt merkte sie, dass sie etwas in der verschlossenen Hand hielt, und öffnete sie. Ferdinand sah die zerbrochene Nuss.
„Ah, die hat dich hergebracht. Da hat ein Geist nicht gut aufgepasst und sie verloren. Bevor ich dich mitnehme und hier oben herumführe, musst du schwören, dass du niemandem davon berichten wirst und dass du nicht verrückt wirst!"
„Wie soll ich das versprechen – also dass ich nicht verrückt werde?"
„Du musst! Sonst bringe ich dich sofort zum Ausgang, beziehungsweise zum Eingang ins Erdenreich, und lasse dich mit einem Superschnaps alles vergessen."
„Gut, gut. Ich verspreche es."
Es war seltsam, mit einer Wolke zu reden. Ferdinand hatte sich wieder in einen bequemen Sessel verwandelt. Pia sah weder dessen Gesicht noch Beine. Er war eine traumhafte Schäfchenwolke, die nun losbrauste.

Ferdinand sagte, dass er jetzt rennfahrermäßig zu Pias eventueller Mutter schweben würde. Aber er hatte wohl lange keine Autos mehr gesehen, denn sie schwebten langsamer als eine Schnecke durch den Himmel. So flott ist Wasserstoff eben nicht. Es herrschte noch nicht mal Wind hier oben. Plötzlich kreuzte ein Eichhörnchen auf einer anderen Wolke schwebend ihren Weg.
„Das müssen wir nachher auch zurückbringen", sagte Ferdinand mit einem Augenzwinkern. „Wir befinden uns weit über den Wolken. Genau genommen ist dieser Ort geographisch nicht zu orten und physikalisch nicht zu erklären, hat die Physikerin gesagt", erklärte er.

Pia lehnte sich auf der flauschig weichen Wolke zurück und genoss den Blick ins grenzenlose Himmelblau. Selbst wenn dies nur ein Traum war, es war herrlich. Und endlich flog sie, wenn auch sehr langsam. Das hatte sie sich schon als Kind gewünscht. Es kam ihr vor wie eine fluffige, federleichte Spielwiese. Am liebsten wäre sie von Wolke zu Wolke gehüpft. Und wie herrlich musste es erst am Abend sein, wenn die Sterne über ihnen zu sehen wären.
„Sieht man die Sterne des Nachts?", fragte sie Ferdinand, denn an diesem Ort, den es auf keiner Landkarte gab, war es vielleicht nicht möglich.
„Natürlich, Gott hat es uns schön gemacht."
„Ist das das Paradies?"
Ferdinand schüttelte sich, was sich für Pia wie eine Welle im Wasserbett anfühlte. „Nein. Das ist sozusagen der Vorhof. Wir Geister können mit den Nüssen noch mal auf Erden wandeln. Wenn wir bereit sind fürs Paradies, gehen wir zur Himmelspforte. Gott prüft natürlich, ob wir reinen Herzens sind, und eintreten dürfen, oder vielleicht noch etwas lösen müssen."

Wenn ihre Mutter tatsächlich Ferdinands Wolken-Bekannte war, wieso sollte sie sich dann noch im Vorhof aufhalten, fragte Pia sich. „Ist man dann auch hier, wenn man sich nicht von seiner Familie trennen kann?"
„Nein, das können die wenigsten. Alle vermissen ihre Familie. Aber im Paradies fühlst du dich nur noch wohl. Es muss etwas Ungeklärtes sein."
Der Ring, schoss es Pia durch den Kopf. Vielleicht war der Ring Grund genug, dass ihre Mutter noch einmal zurück durfte.
„Oder man selber hat noch nicht genug Reife erlangt. Dann gibt Gott einem Aufgaben, bis man die Lektion gelernt hat", ergänzte er kleinlaut.
„Deshalb bist du hier?"
Der wolkige Ferdinand wand sich ein wenig, und Pia passte ihre Sitzposition an seine veränderte Sesselform an. „Ach. Mir war Geld so wichtig. Ich war reich und am Ende hatte ich keine Freunde mehr, weil ich so ins Geld verliebt war."
„Und was machst du jetzt anders?"
„Ach, ich mach einfach so weiter wie bisher", sagte er. „Ich schaue mir schöne Autos auf Erden an, obwohl Gott mir den Auftrag gegeben hat, kleine Kinder im Heim und einsame alte Menschen zu unterhalten und glücklich zu machen. Aber dann sehe ich ein Anzuggeschäft und kann es nicht lassen, mal in die hochwertigen und überteuerten Anzüge mit diesen weichen Stoffen reinzuschlüpfen."
„Ist es nicht schön, mit den Kindern zu sprechen?"
„Doch, aber nicht so schön, wie in Geschäften Rolex-Uhren anzusehen."
„Und wie ziehst du die Sachen an, so als Wolke?"
„Ich schlüpfe direkt hinein, wenn die Anzüge an der Kleiderstange hängen."
So wird er nie ins Paradies kommen, dachte Pia. Armer

Ferdinand. Viel wichtiger war aber jetzt die Frage, ob Ferdinands Physikerin ihre Mutter war.

„Gleich sind wir da", kündigte er an. „Sie sitzt immer da vorne, damit sie das Haus ihrer Familie sehen kann", erklärte er und stoppte abrupt. „Aber sie ist nicht da!" Er schwebte zögerlich weiter und drehte sich dann so, wie die Physikerin es offenbar immer tat. Pia sah das Haus, in dem sie wohnte. Sie konnte sogar den Schmetterling, das alte Fensterbild, erkennen.

„Du weißt nicht, wie die Physikerin heißt?"

„Ich kann mir keine Namen merken! Irgendwas mit P", murmelte Ferdinand. In Pias Familie hatten alle Frauen Vornamen mit P, ihre Uroma Paula, ihre Oma Patricia und ihre Schwester genau wie ihre Mutter, Petra. Das war keine Hilfe.

„Wenn sie nicht da ist, hast du vielleicht ihre Nuss gefunden. Dann müssen wir sie holen! Schnell, wir schweben zur Zaubernuss-Ausgabe!" Schnell war genauso langsam wie zuvor und am liebsten hätte Pia ihm einen Stoff beigemischt, der Wasserstoff raketenmäßig antrieb.

Sie packten eine Rückreise-Nuss für die Physikerin ein, aber keine für Pia, was sie ein bisschen traurig machte. Sie hätte gerne noch einmal ohne eine Aufgabe hier umhergetobt und wäre durch das weite Blau geflogen.

„Die Physikerin wird mich im Sportwagen-Autohaus suchen. Sie weiß, dass ich es nicht lassen kann, dort meinem alten Leben nachzuspüren. Lass uns direkt dorthin fliegen", schlug Ferdinand vor. Pia war aufgeregt. Sie wollte sich nicht zu sehr freuen. Am Ende war es doch nicht ihre Mutter. Dann wäre sie zu enttäuscht.

Das Autohaus war schon geschlossen, aber Ferdinand wusste, dass die Klofenster immer auf Kipp standen, und so zwang Pia sich durch das kleine Fenster. Sie

blickte auf all die Autos, die gewachst waren und glänzten. Sie ließen sie völlig kalt. Ferdinand aber schwebte von Auto zu Auto, streichelte das Lenkrad und die Armatur und rief immer wieder „Oh, wie schön!" Pia verdrehte die Augen. Nein, er würde es tatsächlich vorerst nicht ins Paradies schaffen. Sie setzte sich in einen Porsche und wartete.
Ferdinand hatte noch drei Mal „Oh wie schön!" ausgerufen, da füllte sich plötzlich der Sitz neben Pia mit Nebel. Ihr schlug das Herz bis zum Hals. Mit weit geöffneten Augen beobachtete sie, wie sich aus dem Qualm eine Figur formte.
„Na, da ist sie ja", rief Ferdinand.
Aber Petra hatte nur Augen für ihre Tochter.
„Pia!"
„Mama!"
Sie umarmten sich, und noch nie hatte sich Dampf so schön angefühlt. Petra erzählte Pia von ihren Versuchen, ihr unauffällig zu begegnen und bei ihr zu sein. Beim Restaurant, als sie alle Räder umgestoßen hatte. In der Kirche, als sie schnell in einen Beichtstuhl geflüchtet war, und in der Küche, als sie sich vor dem Fenster versteckt hatte und es für Pia so ausgesehen hatte, als wäre es beschlagen.
„Das warst alles du? Und ich dachte schon, ich werde verrückt!" Pia strahlte über das ganze Gesicht und heulte bitterlich, immer im Wechsel. So froh war sie, ihre Mutter wiederzuhaben, so sehr hatte sie diese vermisst und sie war auch traurig, weil sie bald wieder fort sein würde. Petra nahm sie in den Arm, strich ihr übers Haar und legte die Hand auf die Stirn, wie sie es früher immer gemacht hatte, um sie zu beruhigen.

„Omas Ring, ich bin hier, um dich zu ihm zu führen. Du sollst ihn tragen und mich so immer bei dir haben.

Er ist im Sekretär und hinter den beiden großen Schubladen auf den Boden gerutscht. Du musst die Schubladen rausnehmen, sonst kommst du nicht ran", erklärte sie.

Pia verharrte in der Umarmung, sie wollte nicht, dass ihre Mutter wieder ging.

„Was mache ich ohne dich? Kannst du nicht doch zu meiner Abschlussfeier kommen? Und was ist, wenn ich heirate? Wer sucht mit mir das Kleid aus? Und du siehst meine Kinder nicht!", platzte es aus Pia heraus.

„Ach, mein Schatz", sagte die Mutter und hielt Pias Gesicht in ihren Wolken-Händen. „Du bist doch schon so groß, das schaffst du alleine. Stell dir bei allem vor, ich würde hinter dir stehen, meine Hand auf deine Schulter legen, wie ein stolze Mutter das macht."

Jetzt weinte Pia heftig, und ihr ganzer Körper schüttelte sich.

„Ich würde dir nur allzu gerne sagen, dass es ein Zauberring ist, der mich immer wieder zu dir bringt. Aber das ist er nicht. Er ist bloß ein Familienerbstück, aber ein schönes. Und wenn du ihn anschaust, denk an die Geschichte von Uropa, die ich dir erzählt habe. Ich würde das Gleiche tun, um dir so einen Ring zu schmieden. Er ist voller Liebe, von der ganzen Familie."

Ihre Mutter sagte, sie werde bestimmt auch im Paradies einen Platz wählen können, von dem aus sie Pias Wohnung sehen könne. Und wenn sie mal umziehe, würde sie den Platz wechseln, fügte sie in Gedanken hinzu.

„Es gibt sogar eine Vergrößerungslupe, sodass man die Häuser von hier oben noch besser sehen kann", schaltete sich Ferdinand plötzlich ein, der im Nachbarauto saß und nun nicht mehr am Leder rumfummelte. Pia lachte ein bisschen, mit verheultem Gesicht. Würde vielleicht auch Ferdinand nach dieser Begegnung im Autohaus ein bisschen mehr bereit sein, von den Luxusgegenständen abzulassen?

„Du fehlst mir so sehr", sagte Pia.
„Du mir auch", antwortete ihre Mutter.
„Ein ganzes Leben."
„Das hoffe ich doch!"
Sie brachten Pia nach Hause. Hoch über den Häusern flogen sie, und noch einmal konnte Pia ihren Kindertraum vom Fliegen wahr machen. Dann knackten sie die Nüsse und verabschiedeten sich.

Pia weinte die ganze Nacht. Aber es war ein reinigendes Weinen, das ein großes Stück vom Schmerz mitnahm und sie schließlich erschöpft einschlafen ließ.

Am nächsten Morgen war der Frühling endlich richtig da. Die Knospen an den Bäumen waren aufgesprungen, im Wald spross der Bärlauch, und in den Gärten blühten gelbe Osterglocken. Vögel saßen auf den Baumzweigen vor Pias Fenster und zwitscherten sie aus dem Schlaf. Der Ring, fiel es ihr ein. Sie zog die Schubladen des Sekretärs heraus und am Boden lag er, matt und unscheinbar. Pia nahm den Rosenquarz-Ring, wischte den Staub an ihrem T-Shirt ab, steckte sich ihn an den Finger und nahm ihn nie wieder ab.

Der geheimnisvolle Hut

Die Glocke über der Tür im Hutladen klingelte hell. Victor traute seinen Augen nicht. Die alte Frau, die sich, auf einen Krückstock gestützt, über die Schwelle in seinen Laden schleppte, sah genauso aus, wie er sich immer die Hexen in Märchen vorgestellt hatte. Sie hatte eine große Hakennase und trug ein schwarzes Kleid mit Stola. Ein Buckel zwang sie, gebückt zu gehen. Victor machte einen Schritt zurück hinter den Verkaufstresen und hielt sich daran fest. Würde sie gleich sehen wollen, wie dick sein Zeigefinger war, wie bei Hänsel? Irgendwie fror er plötzlich – und das mitten im Sommer.

Die Alte schaute sich um, blickte von Melone zu Strohhut und Mützen. „Schöne Hüte haben Sie", krächzte sie.
„Die Damenhüte befinden sich hier vorne", sagte Victor und zeigte höflich in die Richtung. Bei allen anderen Kunden wäre er vorangegangen und hätte einen passenden Hut empfohlen. Aber bei dieser Frau blieb ihm nur der Mund offen stehen.
„Ich sehe, Sie sind verschreckt. Dann komme ich gleich zur Sache." Die Alte öffnete eine kleine schwarze Handtasche und zog einen löchrigen alten Hut heraus, der drei Mal so groß war wie die Tasche. Wie war das möglich?
„Der Hut lässt sich zusammenfalten", erklärte sie.
Victor schloss den Mund und wurde wieder geschäftlich.
„Ich würde Ihnen gerne diesen Hut schenken, wenn

Sie mir Ihren Schönsten dafür geben", schlug sie vor. Victor betrachtete den Hut, der grau und alt wirkte. Was sollte er damit? Verkaufen könnte er ihn nicht. Vielleicht konnte er die Löcher stopfen, fetzige Flicken drauf nähen und damit einen neuen Modetrend setzen. Er hätte sich nie getraut, der Alten zu widersprechen.
„Sie zögern?"
„Nein, nein. Ich nehme ihn gerne." Victor lief rückwärts fünf Schritte in die Frauenabteilung, um sich nicht von ihr abzuwenden. Er griff nach einem schwarzen Damenhut mit einer Kunstblume daran, wie man ihn einst bei Pferderennen trug.
„Der ist zu elegant für mich", sagte sie mürrisch. Sie griff nach einem Strohhut mit einem schwarzen Band.
„Schick und doch bodenständig", meinte Victor. Die Alte lachte mit geschlossenem Mund, tief aus dem Bauch heraus. Erneut erschrak Victor.
„Ich habe Sie ausgewählt, weil Sie ein rechtschaffener Mensch sind und Glück verdient haben. Halten Sie den Hut in Ehren, versuchen Sie nicht, sein Geheimnis zu lüften, sonst werden Sie es verlieren." Beim Sprechen bewegte sich die Warze auf ihrer Nase auf und ab. Victor verzog sein Gesicht. Die Alte packte den neuen Hut in ihre Tasche und schleppte sich zur Tür.
„Auf Wiedersehen", sagte sie, ohne sich umzudrehen. Sie hob nur den Stock kurz hoch. Was für eine seltsame Begegnung, dachte Victor, und hielt den alten, grauen Hut mit Löchern in den Händen.

Es kamen mehr und mehr Kunden. Erst am Abend, als Victor den Laden schließen wollte, fiel ihm der Hut, den er unter den Verkaufstresen gelegt hatte, wieder ein. Was für ein Geheimnis meinte die Alte? Sollte er es wagen, den Hut anzuziehen? Zauberei gab es schließlich nur im Märchen. Er setzte den Hut auf seine blonden Haare. Nichts passierte. Er blickte sich im Laden um, ob sich etwas verändert hatte. Nichts, alle Hüte waren noch an ihrem Platz und tanzten nicht umher. Es fing auch kein Hut an zu sprechen.

Wenn Victor zaubern könnte, würde er gerne fliegen können, erinnerte er sich an einen Kindheitstraum. Er sprang hoch, um zu sehen, ob er dann in der Luft bleiben würde – nichts. Dann müsste er wenigstens unglaublich stark sein und den massiven Verkaufstresen mit einem Finger hochheben können. Er probierte es, aber er war immer noch genauso schwächlich wie zuvor. Die Alte hatte nicht verraten, was das Geheimnis des Hutes war. Das machte ihn ganz wahnsinnig. Er wollte den Hut abnehmen und ihn gut verstecken, sodass ihn keiner fände, bis er seine Zauberkraft entdeckt hätte. Aber der Hut schien an seinem Haar festzukleben. Victor zog daran, bis er ein paar Haare auszog. Er schüttelte den Kopf, aber der Hut löste sich nicht. Das durfte alles nicht wahr sein.

Victor blickte auf die Uhr, es war spät. Er musste die Kasse machen und abrechnen. Er schloss die Jalousien und breitete das Geld vor sich aus, zählte es durch und notierte. Das war ihm immer eine lästige Aufgabe. Er liebte es, einen neuen Hut zu gestalten, aber hasste die Zahlen, das Rechnen und Kalkulieren. Im Vier-Ecken-Rechnen in der Schule, bei dem das Kind, das die Rechenaufgabe am schnellsten gelöst hatte, eine Ecke weitergehen durfte, hatte er noch in der Startecke gestanden, wenn die anderen schon in der zweiten Runde waren. Deswegen rechnete er auch immer zur Übung alles im Kopf. Aber jetzt geschah etwas Wunderbares. Plötzlich konnte er alles blitzschnell addieren, die Zahlen waren keine Hieroglyphen mehr, sein Hass gegen sie fiel von ihm ab. Vor lauter Freude rechnete er noch ein paar Aufgaben, blätterte ein paar Seiten im Buchführungsheft zurück und summierte in Sekundenschnelle eine ganze Monatsabrechnung. Er war geheilt von dem hinderlichsten Makel, den ein Ladenbesitzer haben konnte.

Endlich würde er sich nicht mehr verkalkulieren und zu wenig Stoffe und Materialien für die Hüte bestellen. Wie oft hatte er abends oder am Wochenende, wenn er einen neuen Hut kreierte, ohne das letzte fehlende Teil, ein Stück Stoff zur Verzierung oder eine Dekoblume, dagestanden, weil er sich verrechnet hatte. Welche Lebenserleichterung! War dafür der Hut verantwortlich?

Er versuchte wieder einmal ihn abzunehmen, aber der Hut klebte fest. Wenn ich jetzt endlich rechnen kann, ist das besser als Gold, Superkräfte oder Fliegen können, überlegte Victor. Am liebsten wäre er sofort zurück in die Schule gegangen und hätte alle Schüler und Lehrer mit seinen Rechenkünsten beeindruckt. Dann wäre er nicht mehr gehänselt und Dummkopf genannt worden. Seine Lehrer hatten sich immer gewundert, dass es ihm überhaupt gelungen war, einen eigenen Laden zu führen. Dem hilft doch jemand, der ist dumm, hatten sie sich hinter vorgehaltener Hand erzählt. Natürlich war Victor nicht dumm, er hatte nur eine Rechenschwäche, war

dafür aber umso kreativer und ehrgeiziger.
Jetzt war er so begeistert von seiner neuen Fähigkeit, dass er einen Jahresplan aufstellte, Einkäufe berechnete und kalkulierte, wie viele Hüte er verkaufen müsste, um Gewinne in verschiedener Höhe zu erreichen. Er rechnete alles, was es zu berechnen gab, die ganze Nacht, bis er über dem Geld und den Büchern einschlief.
Der helle Ton seiner Klingel riss ihn aus dem Schlaf. Halb elf zeigte die Wanduhr an. Ach herrje, er hatte verschlafen, zum ersten Mal in seinem Leben. Es klingelte noch einmal. „Ja", rief er und nahm schnell ein Pfefferminzbonbon, strich sich das Haar an den Seiten glatt, steckte das Geld in die Kasse und zog die Jalousie hoch. Frau Rankenmeier klebte schon mit ihrer Nase an der Scheibe. Sie trat ein.
„Was ist denn los, Victor? Ich hatte doch angekündigt, dass ich einen Hut fürs Hunderennen kaufen will!" Sie schaute pikiert und ging schnurstracks zur Damenabteilung herüber. Victor eilte ihr nach.
„Ich musste dringend einige Bilanzen ziehen und meinen Jahresplan kalkulieren!"
„Aber Sie können doch gar nicht rechnen, Victor! Das ist doch in der ganzen Stadt bekannt. Und überhaupt, was haben Sie für einen schäbigen alten Hut auf? Der hat Löcher und ist von vorgestern!" Victor lenkte ab und stellte ihr drei Hüte vor.
„Der hier für 79,90 € ist ganz besonders schick. Und der hier für 89,90 €, damit werden Sie Ihre Konkurrenz ausstechen."
„Ich habe keine Konkurrenz, das müssten Sie doch wissen. Und früher haben Sie auch nie die Preise dazu gesagt. So macht einkaufen ja gar keine Freude."
Victor aber war so stolz, rechnen zu können, dass er an diesem Tag noch viele Kunden damit vergraulte.

„Wenn du nicht bald diesen Hut absetzt, reiße ich ihn dir vom Kopf", schimpfte seine alte Mutter. „Die Leute reden schon. Du ruinierst unseren Familiennamen!" Die Leute würden sagen, er sei verrückt geworden, nicht mehr dumm, rechnen könne er jetzt, aber dafür sei er wahnsinnig.

Seine Mutter war in allen Kaffee- und Kegelclubs der Kleinstadt Mitglied. Sie werde überall auf ihren merkwürdigen Sohn angesprochen, hielt sie ihm vor. Er habe einen irren, glänzenden Blick und sei mager geworden, in nur gut einer Woche. Ob er überhaupt noch schlafe?

Seit einigen Tagen war die Kundschaft ausgeblieben. Noch nie hatte Victor sich besser leiden können als mit diesem Hut und ohne seine größte Schwäche. Den anderen ging es offenbar nicht so.

„Ihr wollt wohl lieber den kreativen Tollpatsch und könnt es nicht ertragen, wenn ich doch rechnen kann", rief Victor in dem Jammerton eines Kindes. Seine Mutter kam auf ihn zu.

„Wie kommst du darauf? Du konntest doch vorher auch gut genug rechnen, um alles am Laufen zu halten. Und dieser kleine Makel war wirklich sympathisch. So sympathisch, dass du vom Verkauf der Hüte in einer Kleinstadt leben kannst", beruhigte ihn seine Mutter und nahm ihn in die Arme. „Ich weiß nicht, was mit diesem Hut ist, aber setze ihn doch bitte wieder ab. Ich erkenne dich nicht wieder."

Die Hexe hatte gesagt, sie wolle ihn belohnen, weil er ein rechtschaffener Mensch sei. Die Alte hatte ihn offenbar betrogen. Niedergeschlagen reichte er seiner Mutter eine Schere, damit sie das Haar, woran der Hut klebte, abschneiden konnte. Noch während der „Operation" fiel Victor in einen tiefen Schlaf.

Am nächsten Tag fühlte er sich, als wäre er einen Marathon gelaufen, und schloss den Laden. Den Hut hatte er in seine Einzelteile zerlegt, hatte die Fasern unter der Lupe betrachtet, aber nichts Besonderes erkennen können. Also hatte er ihn kurzerhand in den Müllcontainer geworfen. Wenn das Geheimnis des Hutes war, dass er Victors Rechenkünste verbesserte, dann war es eher ein Fluch als eine Belohnung gewesen.

Die Kundschaft besuchte ihn jetzt wieder, keiner machte sich mehr über seine Rechenschwäche lustig, und alle waren froh, ihren kreativen Hutmacher zurückzuhaben.
Ein paar Monate später kam eine junge Frau in Victors Laden, um einen hellgrünen Hut, passend zu ihrem Sommerkleid, zu kaufen. Sie war neu in der Kleinstadt und hatte von der Geschichte des Hutmachers gehört. „Ich kann rechnen. Stellen Sie mich als Buchhalterin ein", schlug sie vor. Das tat Victor, aber nur, weil er die hübsche junge Frau kennenlernen wollte. Und als Victor mit über 40 Jahren endlich heiratete, sah er ganz hinten in der Kirche eine alte Frau mit einem Strohhut, mit Buckel und schwarzem Kleid. Da wusste er, dass sie ihm mit dem Hut doch Glück gebracht hatte.